I

Fürst Egon entließ den Verwalter Seltmann mit einem gnädigen Händedruck.

»Ich danke Ihnen, lieber Seltmann. Sie haben mir und meinem Haus einen großen Beweis Ihrer Anhänglichkeit gegeben und mir Ihre Treue bewiesen. Das weiß ich zu schätzen – und an meiner Dankbarkeit soll es seinerzeit nicht fehlen.«

Seltmann verneigte sich tief und verließ das Audienzzimmer im erhebenden Bewußtsein, für einen Dienst die Anerkennung seines Landesherrn gefunden zu haben.

Fürst Egon von Schwarzenfels blieb, als er allein war, mitten im Zimmer stehen und betrachtete nachdenklich das etwas verblichene Teppichmuster zu seinen Füßen.

Dann machte er eine kleine Promenade durch das Zimmer. Endlich blieb er am Fenster stehen. Genau so sinnend wie vorhin auf das Teppichmuster blickte er jetzt auf den Schwarzenfelser Marktplatz hinab.

Da wurde gerade Wochenmarkt abgehalten, denn es war Sonnabend. Unter den Augen ihres Landesherrn kauften hier die Schwarzenfelser Hausfrauen und Köchinnen ihren Wochenbedarf ein.

Fürst Egon schaute gewöhnlich sehr ernst drein.

Aber heute lag ein froher Glanz auf seinen hageren Zügen, und um seinen Mund, dessen charakteristische Linien durch keinen Bart verdeckt wurden, spielte sogar zuweilen ein Lächeln. Nachdem er eine Weile auf das Leben und Treiben da unten geschaut, schritt er, sorgsam über sein spärliches graues Haar streichend, zum Schreibtisch hinüber und setzte die Zimmerglocke in Bewegung.

Wittmann, der Kammerdiener des Fürsten, trat geräuschlos ein und blieb neben der Tür straff und aufrecht stehen, das unbewegte, glattrasierte Gesicht seinem Herrn zugewandt. Fast sah Wittmann würdevoller und erhabener über den Nasenrücken herab als Serenissimus. Lakaien pflegen meist viel Wert auf vornehme Miene und Haltung zu legen.

»Wittmann!«

»Durchlaucht!«

»Seine Durchlaucht Prinz Joachim ist im Vorzimmer?«

»Zu Befehl, Durchlaucht!«

»Vorlassen!«

Wittmann verschwand mit einer tadellosen Rechtsschwenkung und ließ Prinz Joachim, den zweiten und jüngsten Sohn des Fürsten, eintreten. Da war es, als ob es plötzlich heller wurde in dem düsteren Gemach, als ob ein Sonnenstrahl verklärend über die etwas verblichene Pracht der alten Barockmöbel glitt. Und auch das Gesicht des Fürsten klärte sich noch mehr. Lächelnd und wohlgefällig betrachtete er die schlanke, kräftige Gestalt des Prinzen, der die Uniform des Leibregimentes seines Vaters trug, dem er als Leutnant angehörte. Vater und Sohn waren einander gar nicht ähnlich. Während der Erbprinz Alexander das verjüngte Ebenbild des Vaters war, glich Prinz Joachim seiner verstorbenen Mutter, einer lebenslustigen Frau, die sich durch eine Erkältung auf einem Ball den frühen Tod geholt hatte.

Das Gesicht Prinz Joachims zeigte nicht die aristokratisch feinen Züge des Fürsten. Er hatte ein gutgeschnittenes gebräuntes Gesicht mit klugen, guten Augen, die lebensfroh strahlten und oft genug übermütig aufblitzten. Nur der von einem flotten braunen Lippenbärtchen beschattete Mund verriet im Schnitt einige Ähnlichkeit mit dem des Fürsten.

»Du hast warten müssen, Joachim«, sagte der Fürst, seinem Sohn lächelnd einen Platz zuweisend und sich ihm gegenüber setzend. Seine Augen bekamen dabei einen fast zärtlichen Ausdruck. Joachim war sein Lieblingssohn, vielleicht weil er seiner Mutter glich, die der Fürst sehr geliebt hatte.

Prinz Joachim lachte, und in seinen grauen Augen blitzte der Schalk.

»Die Zeit ist mir nicht lang geworden, Papa. Ich habe am Fenster gestanden und zugesehen, wie die mehr oder minder hübschen Schwarzenfelserinnen ihre Einkäufe auf dem Markt besorgten. Das ist gar nicht so uninteressant.«

Der Fürst strich sich über das Kinn.

»Du bist ein Lebenskünstler und weißt allem die beste Seite abzugewinnen. Doch – wir haben jetzt Ernsteres zu besprechen.«

Prinz Joachim machte ein komisch betretenes Gesicht.

»O weh! Wird's schlimm, Papa?«

Wieder lächelte der Vater.

»Diesmal gibt es keine Strafpredigt.«

»Gott sei Dank«, seufzte der Prinz erleichtert.

»Nun, ein besonders reines Gewissen scheinst du wieder einmal nicht zu haben.«

»Lieber Himmel, Papa – mein Gewissen ist meist so rein wie das eines neugeborenen Kindes. Aber es gibt wenig Menschen, die meiner Ansicht sind. In der Hofluft gibt es einen Bazillus, der jede Harmlosigkeit vergiftet und zu einem Verbrechen aufbauscht.«

Fürst Egon hob warnend die Hand. »Du bist entschieden Demokrat, Joachim – das weiß ich längst. Und mit Vorliebe übst du deinen Witz an unseren Hofbeamten.«

»Ich ein Demokrat, Papa? Das weiß ich nicht. Ich bin überzeugt, daß ich hier ersticken würde, wenn ich nicht ab und zu mal für einen frischen Luftzug sorgte. Sei nicht böse, Papa, es ist niemals schlimm gemeint. Weißt du, hier stagniert mir das Leben zu sehr. Draußen in der Welt weht eine frischere, freiere Luft, die einem das Blut kräftiger durch die Adern treibt. Wie danke ich dir, daß du mir, trotz pekuniärer Nöte, diese Reise ermöglicht hast. Das war ein Jahr, wert, gelebt zu werden. Und wenn ich noch ein wenig übermütiger und lebensfroher heimgekehrt bin – was schadet es? Gott sei Dank bin ich nicht Erbprinz! Alexander erfüllt in dieser Hinsicht die höchsten Ansprüche. Also schilt mich nicht und sei auch in Zukunft mein gütiger, verständnisvoller und nachsichtiger Vater, auch wenn ich einmal etwas über die Stränge schlage.«

Ein weicher Ausdruck lag in des Fürsten Augen.

»Du bist deiner Mutter Sohn, Joachim. Ihre Lebensfrische gab meinem Leben leider nur kurze Jahre

Sonnenschein und Wärme. Du gleichst ihr so sehr, daß ich in der Erinnerung an sie zuweilen schwach gegen dich bin. Ihre Art hat mich gelehrt, die deine zu verstehen, obwohl sie der meinen fremd ist.«

Prinz Joachim faßte impulsiv des Vaters Hand mit warmem Druck.

»Und ich danke dir, daß du mich Mensch sein läßt, allem Hofbrauch zum Trotz.«

Fürst Egon strich seufzend mit der Hand über die Stirn.

»Mensch sein! Das ist etwas, das ich mir nicht oft gestatten kann. Aber dir will ich dein Menschenrecht so wenig wie möglich verkümmern und wünschte nur, daß ich es nie zu tun brauchte. Und doch habe ich gerade heute etwas mit dir zu besprechen, eine Angelegenheit, die vielleicht einen Zwang für dich im Gefolge haben könnte.«

»Einen Zwang?« fragte der Prinz unbehaglich.

Fürst Egon legte seine Hand auf die des Sohnes.

»Es ist nichts Unangenehmes, Joachim, vielmehr das Gegenteil. Aber laß uns zur Sache kommen. Du sahst wohl eben den Verwalter von Falkenhausen, Seltmann, aus meinem Zimmer treten?«

»Allerdings, Papa. Er erinnerte mich an schöne Zeiten – an meinen besten, treuesten Freund, Georg Falkenhausen. Nun sind schon drei Jahre vergangen, seit er beim Jagdrennen verunglückte. Ich hätte Seltmann gern aufgehalten und mich nach Georgs unglücklichem Vater erkundigt, wenn ich nicht gewußt hätte, daß ich jeden Augenblick zu dir gerufen werden könnte. Hat er dir über Graf Falkenhausens Befinden Nachricht gebracht?«

»Ja. Der Ärmste geht seiner Auflösung mit immer

schnelleren Schritten entgegen. Seit man ihm seinen einzigen Sohn und Erben tot nach Hause brachte, ist er ja nur noch ein Schatten seiner selbst, und jetzt müssen die Arzte die schlimmsten Befürchtungen hegen. Mit dem Ärmsten stirbt ein altes, herrliches Geschlecht aus. Er ist der letzte Falkenhausen.«

Prinz Joachims Gesicht hatte sich verdüstert.

»So ist es, Papa. Und man kann es ihm nicht verdenken, wenn er nach dem Schicksalsschlag, der ihn getroffen hat, zum Einsiedler wurde. Wie gern hätte ich ihn oft besucht, aber niemand durfte zu ihm.«

»Du am wenigsten, Joachim. Seltmann hat mir gesagt, daß schon dein Name genügte, einen neuen Verzweiflungsausbruch hervorzurufen, wenn er vor seinen Ohren genannt wurde. Du warst in seiner Erinnerung zu innig mit Georg verknüpft, ich kann ihm das nachfühlen.«

»Gewiß, es hat ihm immer Freude gemacht, daß wir uns so viel waren, Georg und ich – ich kann es verstehen. Das Schlimmste für Graf Falkenhausen ist, daß mit seinem Sohn der Erbe seines Namens und seiner Güter ihm vorausgegangen ist.«

»Es existieren auch keine Verwandten mehr?«

»Nein. Auch nicht seitens der verstorbenen Gräfin Falkenhausen. Georg hat mir oft im Scherz versichert, daß er völlig onkel-, tanten- und vetterlos sei. Nur eine sogenannte »Nenntante« hatte er, eine Jugendfreundin seines Vaters, die an einen Fürsten Wengerstein verheiratet war. Fürst Wengerstein war General, jedoch ohne jedes Vermögen. Ich glaube, Graf Falkenhausen hat diese Jugendfreundin geliebt, aber sie war ihm nur freundschaftlich zugetan. Sie wurde dann des Fürsten Wengerstein zweite Frau. Und Graf Falkenhausen hat seiner Gattin keine allzu große Liebe entgegengebracht. Um so zärtlicher hing er an seinem Sohn und Erben. Mit ihm war sein ganzes Dasein vernichtet.«

»Und nun ist dieses Dasein im Begriff, ganz auszulöschen. Mein Gott – ein fürstlicher Besitz und ein enormes Vermögen wird herrenlos.«

Der Fürst stieß einen tiefen Seufzer aus. Joachim legte seine Hand liebevoll auf die des Vaters.

»Du hast schwere Sorgen, Papa, aber sieh – möchtest du mit Graf Falkenhausen tauschen?«

Der Fürst fuhr auf.

»Nein, nein, das nicht. Aber, Gott sei's geklagt, wir sind arm, ärmer als viele unserer Untertanen, und müssen doch das Dekorum wahren. Das ist manchmal sehr schwer, mein Sohn.«

»Ist es denn nicht etwas besser geworden seit Alexanders Heirat?«

Der Fürst zuckte die Achseln.

»Theodora hat uns ja einiges Vermögen zugebracht, aber dafür erfordert der Haushalt des jungen Paares auch hohe Ausgaben. Theodora ist verwöhnt und sehr anspruchsvoll. Die Zinsen ihres Vermögens decken kaum ihre eigenen Bedürfnisse.«

»So hat sich Alexander umsonst dieses Opfer auferlegt?«

»Opfer? Nun – er wußte, daß diese Verbindung uns manchen Vorteil brachte. Der pekuniäre Standpunkt war hier nicht ausschlaggebend, wenn er auch wichtig genug für uns ist. Wenn meine lieben Untertanen wüßten, daß ich zum Beispiel nicht genug Mittel habe, um diese fadenscheinigen Brokatbezüge auf den Möbeln zu erneuern, sie würden mein Dasein weniger beneidenswert finden. Aber wir schweifen wieder ab von dem, was ich dir zu sagen habe. Seltmann, der mir sehr viel Treue und Anhänglichkeit erweist, weil ich ihn vor Jahren an den Grafen Falkenhausen empfohlen habe, war bei mir, um mir eine bedeutungsvolle Mitteilung zu machen, die vorläufig außer dir und mir kein Mensch erfahren darf. Deiner strengsten Diskretion bin ich sicher.«

»Selbstverständlich, Papa.«

»Nun gut. Also höre: Graf Falkenhausen hat gestern sein Testament gemacht, und zwar im Beisein Seltmanns, der sein volles Vertrauen erworben hat.«

»Ah! Und Seltmann? Er hat dir wohl gar verraten, wer der Erbe des Grafen sein wird?«

»Allerdings – aus alter Anhänglichkeit an unser Haus.«

»Das ist interessant. Aber ich möchte wohl wissen, ob Seltmann zu dieser Indiskretion berechtigt war.«

»Berechtigt? Darüber läßt sich streiten. Aber ich will nicht mit ihm rechten, denn wenn er indiskret war, geschah es aus Liebe und Treue zu seinem Fürstenhaus. Er kennt unsere Kalamitäten, und es trieb ihn, mir eine erfreuliche Botschaft zu bringen.«

»Dir? Eine erfreuliche Botschaft? Wie soll ich das verstehen?«

Fürst Egon stand auf. Zugleich erhob sich der Prinz, dessen Hand der Vater erfaßte.

»So höre denn, mein Sohn. Graf Heinrich Falkenhausen hat dich, den besten Freund seines Sohnes, zu seinem Erben eingesetzt.«

Prinz Joachim trat erschrocken zurück. Sein frisches Gesicht erblaßte jäh.

»Mich, Papa? Mich zu seinem Erben? Zum Erben eines der reichsten Grundbesitze Deutschlands und eines nach Millionen zählenden Vermögens? Das ist doch unmöglich!«

»Seltmann versicherte es mir auf seinen Eid. Freilich – du wirst dieses Erbe eventuell zu teilen haben mit der Prinzessin Lokandia Wengerstein, einer Tochter jener bereits verstorbenen Jugendfreundin des Grafen, der Fürstin Wengerstein, geborenen Freiin von Ried, von der du vorhin sprachst.«

Prinz Joachim schüttelte fassungslos den Kopf.

»Das ist mir unfaßbar, Papa, ganz unfaßbar.«

Der Fürst zog seinen Sohn neben sich auf einen Diwan.

»Ich will dir alles zu erklären versuchen. Daß Graf Falkenhausen dich als den Freund seines Sohnes über alles schätzt, weißt du. Sein Interesse an der jungen Prinzessin Wengerstein wurzelt anscheinend in der Teilnahme, die er für deren Mutter hegte. Wie ich höre, lebt jene seit ihres Vaters Tod mit ihrer Stiefschwester aus dessen erster Ehe in Weißenburg, wo den Schwestern vom Herzog von Liebenau das sogenannte Prinzessinnenschlößchen als Obdach überlassen worden ist. Die Schwestern sind ganz vermögenslos und leben nur von einer bescheidenen Pension. Warum Graf Falkenhausen sich der noch jugendlichen Prinzessin Lokandia – sie wird nur Lolo gerufen – nicht genähert hat, wußte Seltmann nicht zu sagen. Jedenfalls scheute er sich in seinem Gram vor jeder Berührung von außen. Nun aber hat er also testiert, daß du sein Universalerbe werden sollst, wenn du dich bereit erklärst, Prinzessin Lolo zu heiraten. Weigerst du dich, dann ist Prinzessin Lolo Universalerbin, und du gehst leer aus. Weigert sie sich indessen, dann erhält sie gewissermaßen als Abfindung – eine halbe Million Mark und die Falkenhausenschen Familiendiamanten. Diese soll niemand tragen als die Tochter jener Frau, die er einst geliebt hat. Dir aber bleibt auch in diesem Fall dann das Haupterbe. Weigert ihr euch aber alle beide, dann werden die Güter und das Vermögen nach genauen Bestimmungen verteilt. Jedenfalls habt ihr beide eure Erklärung, ob ihr annehmt oder verzichtet, zu gleicher Zeit abzugeben, so daß nicht der eine seine Bestimmung nach der des anderen treffen kann.«

Prinz Joachim sprang auf und lockerte seinen Halskragen.

»Verzeih, Papa, aber da muß ich mir erst einmal ein wenig Bewegung machen. Darf ich das Fenster öffnen? Es ist unsinnig heiß hier im Zimmer. Also das ist ja – Herr des Himmels –, ganz unfaßbar ist die Sache! So ein sonderbares Testament! Ob denn der alte Herr durch sein Unglück im Kopf gelitten hat?«

»Nein, nein, er hat das alles ganz logisch begründet. Am liebsten wollte er jedem von euch beiden das Erbe ungeteilt hinterlassen. Auch sähe er es nicht gern, wenn der Besitz zersplittert wird. Seiner Ansicht nach soll die Prinzessin famos zu dir passen. Er hofft, daß ihr beide vernünftig seid und euch heiratet. Dir wird eigentlich gar keine Wahl gelassen; er meint wohl, ein Mann müßte in solchen Fällen die Vernunft am höchsten stellen. Nur der Prinzessin läßt er eine Entschädigung bieten, falls sie sich nicht zu einer Verbindung mit dir entschließen kann. Eine halbe Million und der Familienschmuck, das ist immerhin etwas für eine arme Prinzessin, wenn es auch nicht den zehnten Teil der übrigen Erbschaft ausmacht. Ich gebe zu, daß das Testament etwas sonderbar ist, aber die Prinzessin wird wohl ebensowenig verzichten, wie du.«

Prinz Joachim wurde dunkelrot.

»Aber Papa – ich kenne doch diese Prinzeß Lolo gar nicht. Ich kann mich doch nicht ohne weiteres bereiterklären, sie zu heiraten.«

»Nun, so wirst du sie kennenlernen. Durch Seltmanns Nachricht haben wir Zeit gewonnen. Noch lebt Graf Falkenhausen und sein Testament wird erst am Tag seines Todes eröffnet. Zehn Tage danach muß dann eure Erklärung schriftlich an Justizrat Hofer eingereicht worden sein. Da jedoch täglich das Ableben des Grafen Falkenhausen zu befürchten ist, so ist keine Zeit zu verlieren, wenn du die Prinzessin vor der Entscheidung kennenlernen willst.«

Prinz Joachim machte ein unbehagliches Gesicht.

»Mir ist nicht allzu wohl bei deinen Eröffnungen, Papa.«

Fürst Egon runzelte die Brauen.

»Ich hoffe dennoch, dich in dieser Angelegenheit vernünftig zu finden. Einem gewissen Zwang ist jeder Mensch unterworfen. Und bedenke doch, was du dafür eintauschst. Wirst du Herr von Falkenhausen und den dazugehörigen Nebengütern, dann bist du ein freier Mann, der sich sein Leben nach Wunsch gestalten kann. Ich will gar nicht davon reden, daß es unsern fürstlichen Nimbus erhöhen wird, wenn ein großes Privatvermögen uns gewissermaßen ein Relief gibt. Nur an dich selbst brauchst du zu denken. Du bist jung und lebensfroh, und der Reichtum bietet dir alles, was du dir wünschst.«

»Papa – meinst du nicht, daß es mir auch Vergnügen machen würde, dir zu helfen? Bisher war ich dir nur eine Last. Ich brauche gar nicht an mich allein zu denken, um diese Erbschaft erstrebenswert zu finden. Aber du kannst mir doch nachfühlen, daß mir der damit verbundene Zwang nicht behagt. Vielleicht weigert sich aber die Prinzessin, mich zu heiraten.«

Diese Aussicht genügte schon, den Prinzen Joachim wieder aufzuheitern.

»Sie wird es kaum tun, Joachim. Eine arme Prinzessin ist noch schlechter dran als ein armer Prinz. Immerhin wäre es nicht unmöglich, daß sie sich mit der halben Million und dem Familienschmuck begnügt – vielleicht hat sie ihr Herz schon verschenkt.«

Der Prinz fuhr sich hastig über das kurzgeschnittene Haar.

»Jedenfalls könnte mir nichts angenehmer sein, als wenn die Prinzessin sich weigerte, meine Gemahlin zu werden.«

»Auf keinen Fall darf jedoch eine Weigerung von dir ausgehen.«

Prinz Joachim lachte gezwungen auf.

»Es wäre außerdem sehr ungalant von mir.«

»Also ich kann beruhigt sein, Joachim, du wirst der Vernunft Gehör geben?«

Der Prinz sah eine Weile nachdenklich vor sich hin. Dann blitzte es aber schon wieder lustig und übermütig in seinen Augen auf.

»Gut, Papa – aber ich stelle eine Bedingung.«

»Nun?«

»Ich will zuvor die Prinzessin sehen, und zwar ohne daß sie eine Ahnung hat, wer ich bin. Es wird sich irgendein Weg finden, mich den beiden Schwestern unauffällig zu nähern. Wenigstens will ich sie von Angesicht kennenlernen – vielleicht auch einige Züge ihres Charakters und Wesens. Mich so gewissermaßen mit gebundenen Händen und geschlossenen Augen ausliefern, nein – das kann ich nicht. Ich will der Gefahr mit offenem Blick gegenübertreten. Und wenn die Prinzessin weder meinen Namen kennt noch den Grund, weshalb ich in ihre Nähe komme, dann erhalte ich jedenfalls ein richtigeres Bild von ihr, als wenn ich ihr gewissermaßen auf einem Präsentierbrett als garnierte Schüssel vorgesetzt werde.«

Fürst Egon atmete lächelnd auf.

»Gottlob – du machst schon wieder schlechte Witze. Ein gebrochenes Herz wirfst du also anscheinend nicht in die Waagschale!«

Prinz Joachim seufzte.

»Lieber Gott, Papa – den Luxus, mich sterblich zu verlieben, hab ich mir noch nicht gegönnt. So ein paar harmlose Flirts, manchmal auch ein bißchen mehr, das ist alles. Zur Zeit bin ich, oder ist vielmehr mein Herz, völlig frei. Prinzessin Lolo hat's leicht. Wenn sie nicht eine Vogelscheuche ist, verliebe ich mich in sie, damit ich wenigstens mit gutem Gewissen ja sagen kann.«

»Seltmann behauptet, gehört zu haben, daß Prinzeß Lolo eine sehr hübsche und noch sehr junge Dame sei.«

»Hm! Seltmanns Ansicht in Ehren – aber ich will mir doch lieber eine eigene bilden. Daß sie jung ist, ist kein Fehler – hoffentlich stimmt auch das andere. Also ran an die Kreide.«

Der Fürst machte ein unsicheres Gesicht.

»Du nimmst doch alles ein wenig sehr leicht.«

Prinz Joachims Gesicht wurde mit einem Mal ernst.

»Leicht? O nein, Papa. Ich liebe es nur nicht, mich von irgend etwas niederdrücken zu lassen. Und hier hilft doch alles Kopfhängen nichts. Wäre es dir lieber, ich ginge mit Seufzen und Klagen an die Sache ran? Wozu habe ich denn so breite Schultern, wenn ich sie nicht benutzen will, auch Unangenehmes aufrecht zu tragen. Ich fasse frisch zu, wenn es gilt, dem Leben etwas abzugewinnen. Trotzdem bin ich kein Luftikus, das kannst du mir glauben. Wenn ich wirklich mal über die Stränge schlage, so liegt das nur an den engen Grenzen, die mir überall gezogen sind. Laß dir doch an einem Mustersohn genügen, Papa! Alexander wird mit Würde und Grandezza das fürstlich Schwarzenfelser Zepter schwingen.«

Der Fürst drohte lächelnd mit der Hand.

»Das war schon wieder ein demokratischer Ausfall.«

Joachim lachte vergnügt.

»Wir sind ja unter uns, Papa.«

»Nun – lassen wir das. Also es bleibt dabei. Du reist in den nächsten Tagen nach Weißenburg. Ich will darüber nachdenken, wie du dich unauffällig bei den Prinzessinnen einführen kannst. Wir sprechen dann noch darüber. Für den nötigen Urlaub werde ich sorgen.«

»Vielen Dank, Papa. Und noch eins. Ob ich wohl noch einmal versuche, bei Graf Falkenhausen vorgelassen zu werden? Ich könnte ja heute nachmittag nach Falkenhausen fahren. Es quält mich, daß der alte Herr so allein und verlassen mit dem Tod ringt. Er ist doch, von allem andern abgesehen, der Vater meines liebsten Freundes.«

»Trotzdem kannst du dir diesen Weg sparen. Es wird niemand vorgelassen. Seltmann sagte mir, die Ärzte verlangten strengste Ruhe für den Patienten. Selbst wenn er jemand sehen wollte, was jedoch nicht der Fall ist, da er ganz apathisch ist, dürfte kein Mensch zu ihm.«

»Dann freilich – dann muß ich verzichten. Aber es tut mir furchtbar leid.«

»Das glaube ich dir. Aber nun habe ich noch andere Geschäfte zu erledigen. Wir sprechen heute nachmittag noch über deine Reise. Hast du Theodora und Alexander schon begrüßt?«

»Ja, ehe ich zu dir kam. Theodora war wie immer recht langweilig und still, und Alexander schien schlechter Laune zu sein. Dies Ehepaar sieht man leider nie vergnügt. Ich gehe jetzt zu Tante Sibylle, um ihr guten Morgen zu sagen und mich über ihr heiteres Gesicht zu freuen.«

»Und nebenbei läßt du dich von ihr noch ein wenig in deinen demokratischen Ideen bestärken«, sagte der Fürst lächelnd.

»Ach, Papa – Tante Sibylle zuliebe ginge ich in ein Kloster! Sie ist eine charmante, entzückende Dame.«

»Ja, ja, ich weiß schon. Wenn sie nicht weißes Haar hätte, würde sie dir, wie fast allen Männern, den Kopf verdrehen.«

Prinz Joachim lachte fröhlich auf.

»Das kann eine Prinzessin Sibylle auch noch mit weißem Haar. Du findest sie ja auch im Grunde deines Herzens unwiderstehlich.«

Der Fürst lachte. Es war ein schwaches, dünnes Lachen – ein Lachen, das man sehr selten hörte und das den Klang verloren hatte. Aber er lachte doch. Und darüber war Prinz Joachim sehr erfreut.

Ja – Tante Sibylle! Schon ihr Name genügte, um alle frohen Lebensgeister zu wecken.

Sehr herzlich verabschiedete Fürst Egon seinen Sohn.

II

Wenige Minuten später schritt Prinz Joachim mitten durch das Getümmel des Wochenmarktes. Mit lachendem Gesicht sprang er zur Seite, als er in Gefahr kam, mit einem riesigen Gemüsekorb zu kollidieren. Wo er vorüberkam, stockte das Geschäft. Aller Augen sahen ihm mit lächelndem Wohlgefallen nach. Prinz Joachim konnte wohl in seiner schlanken jugendkräftigen Männlichkeit noch verwöhnteren Augen gefallen als denen der guten Schwarzenfelserinnen.

»Prinz Joachim kommt über den Markt!«

Diese Kunde pflanzte sich mit Windeseile von Stand zu Stand fort, und für die Dauer der nächsten Minute stockte jeder Handel. Es gab nichts Wichtigeres zu tun, als den jungen Prinzen anzusehen. Er war es gewöhnt und sah den Leuten lachend in die Augen. Manchen rief er einen frohen Gruß zu – es waren ihm ja alles bekannte Gesichter. Und wenn er sich auf der Straße sehen ließ, gab es kein ehrfurchtsvolles Schweigen, sondern frohe Zurufe und vergnügtes Lachen. Ebenso vergnügt strahlten die Gesichter der Schwarzenfelser, wenn Prinzeß Sibylle auf der Straße zu sehen war. Diese und Prinz Joachim waren die Lieblinge der Schwarzenfelser. Prinzeß Sibylle, die Prinz Joachim jetzt aufsuchte, war die Witwe des verstorbenen Bruders des Fürsten Egon. Von Geburt Wienerin – sie entstammte einem österreichischen Fürstengeschlecht –, hatte es die lebensfrische, gemütvolle Frau verstanden, in dem kleinen deutschen Fürstentum alle Herzen zu gewinnen. Solange Fürst Egons Gemahlin lebte, teilte sie sich mit dieser in die große Volkstümlichkeit. Sie und Fürstin Maria waren unzertrennliche Freundinnen gewesen. Gemeinsam gaben sie den Ton an am fürstlichen Hof, und wo sie sich zeigten, wurde es amüsant und lebendig.

Nach dem frühen Tod der Fürstin, die man allseitig herzlich betrauert hatte, ging von Prinzeß Sibylle allein alle Anregung, alles geistige Leben aus. Ihr Frohsinn, ihre Lebensfrische und Klugheit war wie ein Quell, der immer neues Leben spendet. Das blieb auch so, als später der Erbprinz sich mit der Prinzessin Theodora vermählte. Diese war zu passiv und indolent, um die Führung zu übernehmen. Eine Prinzessin Theodora konnte nie eine Prinzessin Sibylle entthronen oder ersetzen. Sie wollte es auch gar nicht und beugte sich mit allen anderen willig unter das beglückende Zepter der geistvollen, liebenswürdigen Frau. Wohl kritisierten einige eingefleischte Höflinge nach wie vor heimlich ihre »demokratischen« Ansichten, so gut wie die des Prinzen Joachim. Aber zuletzt beugten sich auch die unausstehlichsten Nörgler dem Zauber, den diese noch als angehende Greisin entzückende Frau ausstrahlte. Man ließ sich willig von ihrer sprühenden Laune fortreißen, wenn sie eine neue »Hetz«, eine neue »Gaudi« in Szene setzte. Ihre Stärke war die froheste Lebensbejahung. Und trotz schwieriger Finanzverhältnisse setzte sie immer alles durch.

Wenn Fürst Egon zuweilen, voll der Sorgen, ein wenig bremsen wollte und versuchte, seiner Schwägerin etwas zu versagen, dann strahlten ihre dunklen Augen, in denen ein so warmer Humor lebte, übermütig und in ihrem noch immer wienerisch anklingenden Dialekt sagte sie gemütlich:

»Geh, Durchlaucht – sei nit fad – grad du brauchst ein wenig Sonnenschein. Wir rosten ja all miteinander ein in unserem verschlafenen Residenzchen, wenn wir nit a bisserl fesch sind. Pack dein Sorgenbündel nur ein Weilchen zusammen, es stiehlt dir keiner was davon. Morgen packst es wieder fein sorglich aus. Und kosten soll dich die Gaudi nit einen Heller – ich zahl's halt. Also geh – laß mir das Plaisier und gönn es dir und den andern auch.«

Da gab der Fürst jeden Widerspruch auf – und unterwarf sich ihrem Zauber.

Sie besaß viel Temperament, Prinzeß Sibylle. Ihr sprühender Geist, das rassige Blut und ihre Begeisterung für alles Gute und Schöne rissen sie zuweilen fort – über das Ziel hinaus. Die engen Schranken, die den fürstlichen Hof einkreisten, lockten sie manchmal, sie zu durchbrechen. Das geschah aber dann immer mit so viel unwiderstehlicher Liebenswürdigkeit, daß ihr niemand zürnen konnte.

Schön war sie nie gewesen, aber über ihrem Gesicht lag der Abglanz großer Seelengüte, eines freien großen Geistes und anmutiger Schelmerei. So erschien sie immer reizend. Das Alter vermochte diesem Gesicht nichts von seinem Zauber zu nehmen. Sie war noch heute mit weißem Haar eine herzgewinnende Erscheinung und entzückte, wo sie sich sehen ließ.

Mit großer Vorliebe arrangierte sie bei den Hoffestlichkeiten Theatervorstellungen, lebende Bilder und allerlei Maskeraden und Mummenschanz. Immer war sie von einer Lebhaftigkeit und Unermüdlichkeit, die bei ihrem Alter bewundernswürdig war. Dabei stellte sie nicht etwa große Ansprüche an die Geldbeutel der Mitwirkenden. Sie hatte ein außerordentliches Geschick, aus nichts etwas zu machen und wußte jedem einen praktischen Wink zu geben. Alles was jung und begeisterungsfähig war, schwärmte für sie, denn unter ihrer Führung schien das Leben doppelt schön.

Sie bewohnte noch heute, wie bei Lebzeiten ihres Gatten, das sogenannte Prinzenpalais. Das war ein schlichtes, schmuckloses Gebäude mit einer graugestrichenen, nüchternen Fassade. Es bestand aus zwei Stockwerken. Seinem stolzen Namen entsprachen höchstens die ziemlich hohen und breiten Fenster und der hinter dem Haus liegende, parkähnliche Garten, in dem die Prinzessin herrliche Gartenfeste zu arrangieren pflegte, die immer das Entzücken der Schwarzenfelser Gesellschaft bildeten.

Dieses Haus hatte Prinzeß Sibylle bewohnt, seit sie mit ihrem Gemahl in Schwarzenfels ihren Einzug hielt als junge Frau. Sie war glücklich darin gewesen an der Seite ihres Gemahls, mit dem sie einen reinen

Herzensbund geschlossen hatte. Daß dieser Ehe kein Kindersegen beschieden war, hatte zuweilen in den frohen dunklen Frauenaugen einen Schatten aufsteigen lassen. Aber sie hatte sich bezwungen.

»Alles muß der Mensch nit haben, sonst wird er halt zu übermütig. Es soll nit sein – also schick ich mich drein.«

Damit fand sie sich ab. Und als die Fürstin Maria starb, wurde sie deren Kindern eine treusorgende Mutter.

Ihr ausgesprochener Liebling war Prinz Joachim, dessen Wesen dem ihren entschieden verwandt war. Des Erbprinzen stille, verschlossene Art war ihr unverständlich. Sie bedauerte ihn darum, als sei es eine Art Krankheit.

»Er kann halt nit aus sich herausgehen – so ein armes Hascherl«, sagte sie oft bekümmert. Aber trotzdem hing sie auch an ihm mit ihrem reichen Herzen, das so viel Liebe zu verschenken hatte.

Nun lebte sie schon seit zehn Jahren als Witwe im Prinzenpalais, und sie hatte diesem Haus, das in einer schmalen, stillen Nebenstraße am Markt lag, den Stempel ihrer Persönlichkeit aufgedrückt. Da war alles hell, sonnig und behaglich. An allen Fenstern blühte ein reicher Blumenflor und verschönte die nüchterne, graue Fassade. Die nach dem Garten hinausliegende Terrasse verschwand fast unter der Fülle blühender Blumen. Für ihre eigene Person war Prinzeß Sibylle schlicht und anspruchslos. Sie sparte, wo sie konnte, von den Zinsen ihres Vermögens, um ihren beiden Neffen zuweilen den Überschuß zukommen zu lassen oder ihnen einige heitere Feste zu verschaffen. Wenn Prinz Joachim in heimlichen Nöten war, dann ging er zu Tante Sibylle, und die half – ohne Moralpauke. Sie zwinkerte nur mit den Augen und sagte mehr zärtlich als strafend: »Hast wieder ein Loch in der Börse gehabt, du Unband?«

Zu ihrem Hofstaat gehörten nur wenige Personen, die ihr alle treu ergeben waren und für sie durchs Feuer gegangen wären. Ihre einzige Hofdame war alt und gebrechlich, die Gicht hatte ihre Hände krumm gezogen, und sie brauchte viel mehr Hilfe und Bedienung als die Prinzessin selbst. Diese gab sich in ihrer Herzensgüte den Anschein, als könne sie ohne Fräulein von Sassenheim gar nicht fertig werden. Dabei aß die arme Sassenheim tatsächlich nur das Gnadenbrot. Sie kam selten einmal aus ihrem freundlichen, sonnigen Zimmer, aber die Prinzessin besuchte sie gewissenhaft jeden Tag einmal, und wenn sie nicht bei Tisch erscheinen konnte, dann kam die Prinzessin zu einem Plauderstündchen zu ihr. Der Haushofmeister und die spärliche Dienerschaft sorgten für den einfachen Haushalt, der sich nicht von dem guter Bürgersleute unterschied. Prinzessin Sibylles Vertraute und rechte Hand war ihre Kammerfrau, die sie schon von Wien mitgebracht hatte, Frau Broschinger. Die Prinzessin nannte sie jedoch nicht anders als Bröschchen.

Bröschchen war sehr stolz auf diesen Kosenamen, und ihr rundes, freundliches Gesicht strahlte, wenn auch Prinz Joachim sie so anredete.

Zu derselben Zeit, als Prinz Joachim über den Marktplatz ging, stand Frau Broschinger am Fenster im traulichen Wohnzimmer ihrer Herrin und zupfte die welken Blätter von den blühenden Geranien. Prinzeß Sibylle saß im schlichten grauen Seidenkleid in einem bequemen Lehnstuhl und blätterte in neuen Zeitschriften.

»Also, die arme Sassenheim hat wieder eine schlimme Nacht gehabt? Hast du dafür gesorgt, daß sie eine kräftige Bouillon zum Frühstück bekommt, Bröschchen?«

Die Kammerfrau legte sorgsam die welken Blätter in ein Körbchen.

»Durchlaucht können ganz unbesorgt sein, Fräulein von Sassenheim wird bestens gepflegt.«

»Ist doch ein armes Hascherl, gelt, Bröschchen? Da sind wir zwei gottlob ganz anders auf den Füßen.«

»Gott sei Dank! Durchlaucht nehmen es noch mit den Jüngsten auf.«

»Na, und du etwa nit?«

Bröschchen lächelte zufrieden.

»Oh, ich – Durchlaucht wissen ja, ich bin aus zähem Holz.«

»Will's Gott, nehmen wir auch noch ein kleines Vierteljahrhundert auf unsere Schultern, gelt, Bröschchen? Dann sind wir freilich ein paar recht alte Hutzelweiblein.«

Prinzessin Sibylle lachte bei dieser Aussicht so recht von Herzen vergnügt in sich hinein. Und auch Bröschchen strahlte über das ganze runde Gesicht. Plötzlich fuhr sie aber jäh vom Fenster zurück. »Durchlaucht!«

»Nun, nun – was gibt es denn da draußen so Erschreckliches zu schauen?«

»Nichts Erschreckliches, Durchlaucht. Im Gegenteil, Seine Durchlaucht Prinz Joachim kommt über die Straße.«

Prinzeß Sibylle lachte.

»Ah, der Joachim – nein, nein, der ist gewiß nichts Erschreckliches. Also geh, Bröschchen, und laß ihn ein. Sorg dafür, daß eine Mosel kalt gestellt wird; weißt schon, welche Marke.«

Frau Broschinger verschwand mit ihrem Blätterkörbchen so schnell, wie es ihre runden Hüften gestatteten. Im Vorzimmer wartete sie auf Prinz Joachim, der bald darauf eintrat.

»Morgen, Bröschchen!« rief er lustig.

»Guten Morgen, Durchlaucht!« erwiderte die und knickste elastisch wie ein Gummiball.

»Ihre Durchlaucht zu sprechen?«

»Durchlaucht werden schon erwartet«, antwortete Bröschchen strahlend und öffnete die Tür. Prinz Joachim eilte auf seine Tante zu und küßte ihr die Hand. Sie zog aber seinen Kopf zu sich herab und küßte ihn auf den Mund.

»Wie ist dein Befinden, teure Tante?«

Die dunklen, noch so jung blickenden Frauenaugen schauten voll zärtlichen Stolzes in sein Gesicht.

»Wenn ich dich anschauen kann, Joachim, dann befind' ich mich immer ausgezeichnet. Und du? Wo kommst denn du her so in aller Früh? Und gar in Paradeuniform, ja – das muß doch etwas bedeuten? Hab' ich etwa gar Geburtstag heut? Aber nein, bringst mir ja keinen Blumenstrauß. Na, alsdann – Feiertag ist auch nit?«

Prinz Joachim lachte.

»Ach, laß uns mal ein wenig nachdenken, geliebtes Tantchen. Vielleicht fällt uns doch irgendein Kalenderheiliger ein, den wir feiern können.«

Sie lächelte mit feinem Humor.

»Hm, wir zwei sind imstande, dem unschuldigsten

Werktag unversehens ein festlich Gewand anzulegen, gelt?«

Er streichelte ihre Hand.

»Wozu sind wir zwei denn auch Sonntagskinder?«

Sie nickte ihm verständnisinnig zu.

»Nun setz dich erst daher, und dann erzähl. Was ist denn los heut?«

»Audienz bei Seiner Durchlaucht, ich war befohlen«, meldete er feierlich.

Prinzeß Sibylle hob wie im Schrecken ihre noch sehr schönen weißen Hände.

»O weh – da hat es was gegeben, gelt?«

»Diesmal nicht.«

»Na, na!«

»Nein, wahrhaftig nicht, nicht die kleinste Strafpredigt.«

»Also, was gab es denn sonst?«

Er seufzte tragikomisch.

»Auf die Brautschau soll ich gehen.«

Sie schlug die Hände zusammen.

»Lieber Gott, so aus heiterem Himmel.«

»Nicht wahr? Schrecklich.«

»Du und heiraten – das geht doch gar nit.«

»Warum denn nicht?«

Es zuckten tausend Sprühteufelchen in ihren Augen.

»Ach geh – du bist doch noch gar nit reif zum Heiraten. So ein Unband wie du, der taugt doch nit für Ehefesseln. Aber nun erzähl doch endlich.«

Joachim machte ein geheimnisvolles, wichtiges Gesicht.

»Staatsgeheimnis«, flüsterte er, große Augen machend.

Sie lachten beide.

»Ach geh, unser Fürstentümle wird nit gleich aus den Fugen gehen, wenn so ein Prinzle auf die Brautschau geschickt wird. Man wird doch wissen dürfen, wem das hohe Glück beschieden sein soll, Prinzessin Joachim zu werden«, sagte die Prinzessin ein wenig spöttisch.

»Du – hältst du es vielleicht für ein Unglück, wenn jemand meine Gemahlin wird?« fragte er scheinbar beleidigt.

Sie zog bedenklich die Augenbrauen empor.

»Da will ich mir lieber noch kein endgültiges Urteil erlauben. Wenn du ›sie‹ gern hast und ›sie‹ dich, dann ist's ein Glück. Wenn aber nit – ah nein, das wollen wir uns lieber gar nit erst ausmalen. Ist es denn wirklich ernst?«

»Ganz gewiß.«

»Aber wie kommt denn das so schnell? Man hat doch noch kein Wort davon gehört, daß es mit deiner Heirat mit eins so pressiert. Und bei dir kommt es doch zum Glück nit so genau drauf an, wen du heiratest.«

Prinz Joachim seufzte.

»Das hab ich mir auch immer gedacht. Aber ich muß doch eine bedeutendere Persönlichkeit sein, als ich mir in aller Bescheidenheit träumen ließ. Nun kommt es wirklich sehr darauf an.«

»Ach geh – steck doch nit so ein geheimnisvoll wichtiges Gesicht auf. Du machst Spassettln, gelt?«

Der Prinz schüttelte ernster werdend den Kopf.

»Leider nicht, Tante Sibylle. Es ist wirklich ernst.«

Sie streichelte seine Hand und sah sehr besorgt aus.

»Also wahr, wirklich wahr?«

Nun lachte er schon wieder, um ihre Sorge zu verscheuchen.

»Gräm dich nur nicht schon im voraus, Tantchen. Gar so schlimm wird es ja nicht werden. Schließlich – warum soll ich etwas vor Alexander voraushaben? Der Ärmste ist ja ohnehin schon mit einem künftigen Fürstenthron behaftet. Und die Theodora? Na, weißt du, schlimmer werde ich hoffentlich mit meiner Zukünftigen auch nicht fahren.«

Prinzeß Sibylle wurde schon wieder lebhaft und hoffnungsvoll.

»Du, die Theodora ist gar so übel nit, nur ein bisserl arg langweilig. So eine Holzpuppen wird dir doch dein Herr Vater nit ausgesucht haben!«

Prinz Joachim zuckte die Achseln.

»Wer weiß.«

»Nein, das bitt' ich mir aus, bring du mir wenigstens eine Frau, die lebendig ist und nit mit offenen Augen schläft. Du, lachen wird sie doch können? Meinetwegen auch mal herzhaft weinen. Nur nit noch so einen Automaten in der Familie, das wäre gefehlt. Aber nun sag doch endlich, wer die Auserkorene ist. Kenn' ich sie denn?«

»Ich glaube nicht, Tante Sibylle. Es ist eine Prinzessin Lokandia Wengerstein.«

»Nein, die kenne ich nit. Lokandia – du, das klingt fad.«

»Sie soll noch sehr jung sein. Überdies wird sie nur ›Lolo‹ gerufen.«

»Hm! Das gefällt mir schon eher. Also Lolo Wengerstein. Hm! Wengerstein? Wart mal ein bisserl. Wengerstein? Natürlich einen Fürsten Wengerstein hab' ich mal am Hof zu Liebenau kennengelernt, als ich mit meinem Mann vor vielen Jahren da zu Besuch war. Ein schöner, interessanter Mann, aber wenig nett und liebenswürdig. Jetzt fällt mir auch mehr ein. Man sagte mir damals, er sei in zweiter Ehe mit einem armen Edelfräulein vermählt, die sehr schön und anmutig sei. Diese Ehe bildete einigermaßen interessanten Gesprächsstoff für die Liebenauer Gesellschaft. Ich glaube, da war noch eine Tochter aus der ersten Ehe des Fürsten, die der jungen Fürstin das Leben recht schwer machen sollte. Mein Gott – das wird doch um Himmels willen nit deine Zukünftige sein?«

»Nein, Tantchen, darüber kann ich dich, glaube ich, beruhigen. Prinzeß Lolo ist eine Tochter aus der zweiten Ehe des Fürsten.«

»Ah, also hat sie die schöne, anmutige Fürstin zur Mutter? Das ist schon ein Trost. Aber wie kommt dein Vater darauf, dir gerade diese Prinzeß Lolo zur Gattin auszusuchen? Das ist doch keine besonders glänzende Verbindung. Viel Vermögen wird auch nicht vorhanden sein.«

»Sie ist sogar sehr arm und scheinbar teilweise auf die Gnade des Herzogs von Liebenau angewiesen.«

Prinzeß Sibylle klopfte unruhig auf ihre Sessellehne.

»Nun bitt ich dich – was fällt denn Seiner Hochfürstlichen Durchlaucht ein? Warum pressiert es ihm mit eins so sehr, daß du so ein armes Hascherl heiraten sollst, das nit einmal mütterlicherseits aus fürstlichem Hause stammt? Da muß doch etwas dahinterstecken!«

Prinz Joachim machte wieder ein sehr geheimnisvolles Gesicht und flüsterte ihr ins Ohr:

»Staatsgeheimnis, Tantchen, ich darf nichts verraten; aber damit dich die Ungewißheit nicht gar so sehr quält, will ich einen kleinen Zipfel vom Vorhang heben: eine Erbschaft steckt dahinter, eine unmenschlich große Erbschaft.«

»Ah so – ja, warum hast du das nit gleich gesagt? Nun kann man sich doch ein Bild machen. Also um Geld. Ja, ja, mein Joachim, wenn es so steht – weißt, Geld haben wir halt sehr nötig in Schwarzenfels. Und da wirst du dich wohl fügen müssen, wenn sie nur nit eine gar z'widre Persönlichkeit ist.«

Prinz Joachim seufzte, diesmal ganz ernsthaft. Aber dann sprang er elastisch empor.

»Was sein muß, muß sein. Also über Bord mit Seufzen und Kopfhängen. Unterkriegen laß ich mich nicht – und wenn diese Prinzeß Lolo ein Ungeheuer ist.«

Prinzeß Sibylle nahm ihn beim Kopf und sah ihn liebevoll lächelnd an.

»Recht so, Joachim. Und vergiß nicht daß du ein Sonntagskind bist. Ich hab' ein Vertrauen in mir, daß dir alles gut ausschlägt. So ein fescher Goldbub, der muß doch dem Schicksal imponieren. Also – san mer lustig! Wann gehst denn auf die Brautschau?«

»In einigen Tagen, vielleicht schon übermorgen.«

»Ah, nein, das geht doch nit. Da bist du ja zu Theodoras Geburtstag nit hier.«

»Leider nicht!«

»Nun bitt ich dich, was wird nachher mit meinem Fest? Du sollst doch in den lebenden Bildern den Richard Löwenherz vorstellen.«

»Da muß schon ein anderer für mich einspringen; vielleicht Baron Reineck.«

»Mein Gott, das ist doch kein Ersatz für dich! Der

mit seinem sanften Gesicht – der kann höchstens ein Lammherz darstellen.«

Prinz Joachim lachte.

»Tantchen, kann ich denn so löwenhaft auftreten?«

Sie blickte stolz an ihm empor.

»Ah du! Das versteht sich. Also wirklich, läßt sich deine Abreise nicht verschieben?«

»Schwerlich. Die Sache eilt.«

»Na, alsdann muß es auch ohne dich gehen, dann laß ich das Bild einfach aus. Einen anderen mag ich nit sehen in deiner Rolle. Wir stellen das Bild aber gewiß später bei einer anderen Gelegenheit. Lieber Gott, was man für Sorgen hat.«

Und dann mußten sie beide lachen. Prinzeß Sibylle erhob sich und faßte ihren Neffen am Uniformknopf. Ihn mit ihren lachenden Augen ansehend, sagte sie lebhaft:

»Du, wenn du so ein junges Frauchen brächtest, wie ich sie mir für dich wünsche – Herrgott, das wäre schön. Dann wollen wir drei das Fürstentümle auf den Kopf stellen. Wart – ich klingle dem Bröschchen, deine Mosel wird kalt genug sein, darauf müssen wir anstoßen. Dann kann es uns beiden Sonntagskindern gar nit fehlgehen. Ich hab' so eine Zuversicht in mir. Wenn ich doch im Augenblick, nur so auf einen Husch, die Prinzessin Lolo sehen könnte! Mußt mir halt gleich Nachricht schicken, wie sie ausschaut, gelt, und ob sie lustig ist.«

Sie ließ ihn los und klingelte nach dem Wein. Bröschchen brachte ihn selbst in einem silbernen Weinkühler, und einige leckere Toasts waren auch dabei, wie es Prinz Joachim liebte.

Dann saßen Tante und Neffe wohl noch eine Stunde beisammen und plauderten angeregt miteinander. Prinzeß Sibylle war in ihrer sonnigen Frohnatur schon fest davon überzeugt, daß alles gutgehen müsse. Sie war immer bereit, sich alles in rosigem Licht auszumalen und steckte ihren Neffen mit ihrer Zuversicht an. Er erzählte ihr, daß er ganz inkognito die Bekanntschaft der Prinzessin Lolo machen wolle. Das war etwas für die alte Dame. Ihre Augen blitzten nur so vor Vergnügen.

»Weißt, das ist ein famoser Einfall, da wirst du ja schnell genug Bescheid wissen, wie Prinzeß Lolo beschaffen ist. Schad, daß ich nit dabei sein kann.«

So kam es, daß Prinz Joachim das Prinzenpalais in vortrefflicher Laune verließ. Die bevorstehende Brautschau hatte ihre Schrecken für ihn verloren.

III

Wenn man die bergansteigenden Straßen des ein wenig verschlafen daliegenden Städtchens Weißenburg durchschritten und das Plateau erreicht hatte, erblickte man inmitten eines großen, herrlichen Parks ein schlichtes, weißgestrichenes Gebäude. Es bestand nur aus Erdgeschoß und einem Stockwerk und hatte acht Fenster Front. Das Dach war abgeplattet und gab dem Haus ein etwas unfertiges Aussehen, als hätte man mitten im Bauen die Lust verloren.

Dies Gebäude war das sogenannte Prinzessinnenschlößchen. Es hatte ursprünglich ein Witwensitz der

Herzoginnen von Liebenau werden sollen, man war aber davon abgekommen und hatte deshalb den Bau mit dem einen Stockwerk abgeschlossen.

Lange Zeit war es unbenützt geblieben, bis es der Herzog den beiden Prinzessinnen Wengerstein zum Wohnort anwies.

Es nahm sich mit seinen mehr als einfach ausgestatteten Räumen wenig fürstlich aus und schien kaum geeignet zum Aufenthalt zweier fürstlicher Damen. Und doch waren die beiden Prinzessinnen sehr froh gewesen, als ihnen die Gnade des Landesherrn nach dem Tod ihres Vaters dieses Asyl angewiesen hatte. Es war immerhin ein Schlößchen, wenn auch ein sehr winziges und armseliges. Besser als eine enge Mietswohnung war es doch. Und dann hatte es den Vorteil, daß man keine Miete zahlen mußte. Das war von großer Wichtigkeit bei dem schmalen Einkommen, das den Schwestern zur Verfügung stand.

Und dann durften sie den zu dem Schlößchen gehörigen Park benutzen, als ob er ihnen gehörte. Das gab der Sache noch einen besonders feudalen Anstrich, der hauptsächlich bei Prinzeß Renate, der älteren der Stiefschwestern, sehr in die Waagschale fiel. Deren Stolz war leider gar nicht in Einklang zu bringen mit ihren recht bescheidenen Verhältnissen. Jedenfalls atmete sie wie erlöst auf, als ihr der Herzog diesen Zufluchtsort geboten hatte, der sie vor der Misere einer Mietswohnung, wie sie auch andere Sterbliche benutzten, schützte.

Mit Genugtuung hatte sie auf die das Gebäude einzäunenden Kettengehänge geblickt, die, durch Steinblöcke verbunden und befestigt, gleichsam eiserne Girlanden bildeten. Die Steinblöcke waren in den Landesfarben gestrichen und dokumentierten gewissermaßen, daß das Prinzessinnenschlößchen herzogliches Eigentum war. Darüber freute sich Prinzeß Renate beim Einzug. So konnte man sich doch noch einigermaßen mit dem Hof verbunden fühlen, den man in so betrübender Weise nach dem Tod des Vaters verlassen mußte.

Prinzessin Lolo, die jüngere der Schwestern, hatte sich ebenfalls über die eisernen Girlanden gefreut, aber aus einem anderen Grund als ihre Schwester. Sie fand nämlich, daß sich diese Kettengehänge famos als Schaukel benutzen ließen. Während Prinzeß Renate mit Fräulein von Birkhuhn – das war die Anstandsdame, Gesellschafterin, Wirtschafterin und gegebenenfalls auch zuweilen die Kammerzofe der Prinzessinnen – das Haus revidierte, saß Prinzeß Lolo, sie zählte damals knapp vierzehn Jahre, auf der improvisierten Schaukel und schwang sich vergnügt hin und her, bis ihr Hören und Sehen verging.

Dabei hatte sie sich leider das Kleid an den stacheligen Ketten zerrissen, noch dazu ihr bestes Waschkleid, und außerdem hatte der Rock eine mehr originelle als schöne Garnitur von Rostflecken erhalten. Das trug ihr eine geharnischte Strafpredigt ihrer Schwester ein und, was ihr viel tiefer ging, einen vorwurfsvollen Blick von Fräulein von Birkhuhn. Der amüsante Schaukelsport wurde ihr untersagt, und ihre Schwester strafte sie noch mehr als sonst mit Verachtung und mit Entziehung des Nachtischs.

Mit dem Einzug in das Prinzessinnenschlößchen hatte eine schlimme Zeit für Prinzeß Lolo begonnen. Nicht, daß es ihr bis dahin in ihrem jungen Leben sehr gut ergangen wäre – aber jetzt erging es ihr noch viel schlimmer, denn jetzt fand ihre Schwester, die fast zwölf Jahre älter war als sie, viel mehr Zeit, sie zu quälen und zu tyrannisieren.

Seit dem Tod ihrer Mutter hatte Prinzeß Lolo kaum noch ein gutes Wort von ihren Angehörigen gehört. Ihr Vater kümmerte sich fast gar nicht um sie und stellte sie unter die Aufsicht der Schwester.

Seine älteste Tochter, die das Glück hatte, einer Mutter aus fürstlichem Geschlecht ihr kostbares Leben zu danken, hatte der zweiten Heirat ihres Vaters stets feindlich gegenübergestanden, mit ihrem unverträglichen Charakter ihrer Stiefmutter das Leben schwergemacht und sich zwischen sie und ihren Vater wie ein trennender Keil geschoben. Ihr Hochmut und ihre Anmaßung waren der bedauernswerten Stiefmutter eine Quelle vieler Leiden geworden, und die Ärmste mußte zusehen, wie ihr der Gatte, den sie so sehr geliebt, entfremdet wurde. Prinzeß Renate hatte dem Vater keinen Vorwurf erspart, daß er ihrer erlauchten Mutter ein einfaches Fräulein von Ried zur Nachfolgerin gegeben habe. Vielleicht hätte sie sich damit abgefunden, wenn Margarete von Ried reich gewesen wäre. So aber war sie arm, und Prinzeß Renate mußte sich ihretwegen Einschränkungen gefallen lassen.

Geradezu verhaßt war ihr das kleine Mädchen, das dieser zweiten Ehe des Vaters entsproß. Es kostete sie unglaubliche Überwindung, dieses Kind als Schwester zu betrachten. In ihren Augen war und blieb Prinzeß Lolo ihr unebenbürtig, und sie suchte mit großer Genugtuung allerlei Fehler und Untugenden an ihr zu entdecken, die sie dann mit hochmütigem Achselzucken als ein Erbteil der unebenbürtigen Gemahlin ihres Vaters hinzustellen beliebte.

Erquickliche Verhältnisse hatte also die arme kleine Prinzeß Lolo in ihrem Elternhaus nicht kennengelernt. Als ihre Mutter früh starb, wußte ihre Schwester den Vater soweit zu beeinflussen, daß er sich seiner zweiten Heirat wie einer Verirrung schämte und Lolo am liebsten gar nicht sah. Er überließ sie ganz der Schwester und der nach dem Tod seiner Frau engagierten Hausdame, Fräulein von Birkhuhn.

Als Lolo vierzehn Jahre zählte, starb der Vater und ließ die Schwestern in sehr bedrängten Verhältnissen zurück. Seitdem bewohnten sie das Prinzessinnenschlößchen. Fräulein von Birkhuhn war bei ihnen geblieben, obwohl sie so gut wie gar kein Gehalt bekam. Reichlich vier Jahre waren seitdem vergangen. In diesen vier Jahren hatte Prinzeß Renate ihre Schwester wie eine Sklavin zu unterdrücken und jede Individualität in ihr zu ersticken versucht. Es kümmerte sich ja jetzt vollends kein Mensch um das arme Kind, seit die Schwestern in Weißenburg lebten. Sie glaubte auch, die Schwester vollständig unterjocht und eingeschüchtert zu haben.

Aber in Prinzeß Lolo wohnte ein gesunder, starker Geist, ein fester Wille und eine nicht zu vernichtende Daseinsfreude. Die Tyrannei der Schwester hatte nur erreicht, daß sie ganz für sich ihr eigenes Leben lebte. Dieses Leben versteckte sie scheu vor den unbarmherzigen, kalten Augen der Schwester. Ihr gegenüber war sie ein stilles, stumpfes, schablonenhaftes Geschöpf mit leblosem, starren Gesicht und niedergeschlagenen Augen.

Ganz anders sah sie aus, wenn sie allein war, wenn sie zum Beispiel ihre Freistunden in dem herrlichen alten Park verbrachte, der sich weit bis zum anschließenden Wald erstreckte. Da war sie ein lebensfrohes, warmempfindendes Menschenkind, dem kein Zwang und keine Schablone die glücklichen Charakteranlagen verkümmern konnte, und das jubelnd die Schönheiten der Natur in sich aufnahm.

Freilich, ohne jede Rückenstärkung der Feindschaft der Schwester gegenüber wäre ihr Lebensmut vielleicht dennoch in die Brüche gegangen. Allein sie hatte, ganz in der Stille, unbemerkt von der Schwester, freundlich gesinnte Menschen gefunden, die ihr Liebe entgegenbrachten und ihrem Dasein heimlich Licht und Wärme verschafften.

Daß zu diesen Menschen in erster Linie Fräulein von Birkhuhn gehörte, hätte niemand geglaubt, der das alte Fräulein in Gegenwart der Prinzessin Renate beobachtet hätte, wenn sie mit Prinzeß Lolo sprach. Da war sie eine so strenge, mürrische und scheinbar kaltherzige Mentorin, wie sie nur Prinzeß Renate für die verhaßte Schwester wünschen konnte. Denn obwohl Fräulein von Birkhuhn Prinzeß Renates Handlungsweise der Schwester gegenüber empörend fand, fürchtete sie sich doch viel zu sehr vor ihren kalten Augen und hochmütigen Worten, als daß sie gewagt hätte, offiziell Prinzeß Lolos Partei zu ergreifen. War aber Prinzeß Renate abwesend, dann fiel es wie graue Spinnweben von dem verhutzelten Altfräuleingesicht. Die matten Augen bekamen zärtlichen Glanz, und die faltigen Hände streichelten gar sanft und liebevoll über das blondlockige Köpfchen ihres Lieblings und straften die harten Worte Lügen, die in Prinzeß Renates Gegenwart auf eben dieses blonde Köpfchen herniederfielen.

Dann hob auch Prinzeß Lolo das geduckte Haupt.

Die großen blauen Augen strahlten innig und dankbar auf und schmeichelnd legten sich die rosigen Wangen auf die treuen arbeitsharten Hände der alten Dame.

»Laß nur, Birkhühnchen, es hat gar nicht weh getan. Wenn du noch so sehr zankst, ich weiß, daß dein Herz ganz andere Worte zu mir spricht, als dein Mund«, sagte Prinzeß Lolo oft, und »Birkhühnchen« seufzte dann erleichtert auf.

Es wurde ihr so schwer, dem lieben Kind Böses zu sagen. Aber wenn sie nicht schalt, dann tat es Prinzeß Renate doppelt hart. Und deren Worte verwundeten wie scharfe Stacheln.

Es war zwei Tage später, als die Unterredung des Fürsten Egon mit Prinz Joachim stattgefunden hatte. Die beiden Prinzessinnen saßen um die Mittagszeit mit Fräulein Birkhuhn in dem zum Speisezimmer ernannten Raum des Prinzessinnenschlößchens beim Diner. Auf dem runden Tisch in der Mitte des Zimmers lag ein vielfach gestopftes Tischtuch. Das einzige Hausmädchen hatte ein sehr bescheidenes Mahl aufgetragen und war wieder in die Küche zurückgegangen. Dort hantierte die schon ziemlich bejahrte Köchin, außer dem Hausmädchen die einzige Dienerin. Es existierte zwar noch ein männlicher dienstbarer Geist. Der aber war vom Herzog als Parkwächter angestellt und wohnte in dem Pförtnerhäuschen neben dem großen, stets verschlossenen eisernen Tor, das sich schon längst nicht mehr in seinen Angeln drehte, denn als Eingang wurde ein schmales Nebenpförtchen benutzt. Dieser Parkwächter, Bielke mit Namen, fungierte gegen ein kleines Extraentgelt, wenn Besuch zugegen war, als Diener. Dazu trug er dann eine Uniform, die ebenso gut als pompöse Livree gelten konnte und in den Farben der herzoglichen Livreen gehalten war. Bielke servierte auch den Tee, wenn Prinzeß Renate ihren freilich recht spärlich besuchten Empfangstag hatte. Aber sonst gestattete man sich den Luxus einer so vornehmen Bedienung nicht. Da genügte die Bedienung des Hausmädchens Meta.

Man hatte die Suppe gegessen, die meist nur aus etwas phantastischen Bestandteilen hergerichtet war. Dann gab es ein wenig Fleisch und Gemüse und zuletzt eine süße Speise, die ebenfalls von einer sehr sparsamen Küche zeugte. Prinzeß Renate besaß zu allen Untugenden auch noch die des Geizes. Hauptsächlich am Essen sparte sie, wo und wie sie nur konnte. Das geschah hauptsächlich, um sich den Luxus eleganter Kleider ermöglichen zu können. Sie liebte es, sich vorteilhaft zu kleiden, natürlich zum großen Teil auf Kosten ihrer Schwester. Prinzeß Lolo mußte meist die abgelegten Sachen ihrer Schwester tragen. Höchst selten bekam sie einmal ein billiges Waschkleidchen. Prinzeß Renate motivierte das damit, daß Prinzeß Lolo doch nur unachtsam mit ihren Kleidern umgehe und alles herunterreiße. Selbstverständlich hielten die bereits abgetragenen Kleider nicht so lange wie neue, aber diesen Umstand ignorierte die zärtliche Schwester. Es vertrug sich sehr wohl mit ihrem Stolz, daß sie von der Pension, die den Schwestern zu gleichen Teilen zukam, den weitaus größten Teil für sich verbrauchte.

Prinzeß Lolo wußte das, aber sie verlor nie ein Wort darüber. Selbst wenn sie es hätte wagen können, ihrer Schwester Vorhaltungen darüber zu machen, sie hätte es nicht getan. Sie war ein zu vornehmer Charakter, viel vornehmer als die stolze Schwester. Und mit ihren achtzehn Jahren kannte sie noch keinerlei Eitelkeit. Sie trug die abgelegten Kleider ihrer Schwester wie etwas Unabwendbares – wie ihr ganzes Schicksal, ohne sich davon im innersten Herzen niederdrücken zu lassen. Fräulein von Birkhuhn wußte indes mit ihren geschickten Händen auch diese abgelegten Kleider so zierlich für ihren Liebling herzurichten und umzuändern, daß sie dennoch der anmutigen, jugendfrischen Erscheinung ein hübsches Aussehen verliehen.

Die bescheidene Mahlzeit wurde, wie immer, schweigend eingenommen. Prinzeß Renate musterte unausgesetzt mit ihren kalten Augen die junge, so viel schönere und anmutigere Schwester, ob sie nicht einen Anlaß zum Tadel fände. Bei dem geringsten Versehen strafte sie Prinzeß Lolo in der Weise, daß sie ihr die ohnehin kärglich bemessene Kost teilweise entzog.

Prinzeß Renate war nicht häßlich. Ihr Gesicht war im Gegenteil sehr gut geschnitten und erinnerte an die Antike. Aber die Augen blickten zu scharf und zu kalt, und um den Mund lag ein verkniffener, häßlicher Zug, der sie noch älter erscheinen ließ, als sie war. Auf ihre »klassischen« Züge bildete sie sich viel ein und hob sie stets hervor als Zeichen einer edlen Rasse. Sie suchte auch ihre immer mehr entschwindende Schönheit mit allen Mitteln festzuhalten und verausgabte für kosmetische Salben und Mixturen mehr, als sie verantworten konnte. Die einzigen Worte, die sie bei Tisch sprach, waren tadelnde Bemerkungen über die Schwester.

»Sitze doch endlich gerade, Lolo!« «Nimm nicht so viel Fleisch, das ist ungesund.« «Willst du dir von der süßen Speise einen Berg aufladen? Du hast schrecklich vulgäre Angewohnheiten. Ich werde dir wieder einmal den Nachtisch auf einen Monat entziehen müssen. Du wirst entsetzlich dick.«

So und ähnlich lauteten ihre Ermahnungen, deren Ton unsagbar lieblos war.

Prinzeß Lolo aß sich schon seit langer Zeit nie mehr satt bei Tisch, und es war sehr verwunderlich, daß sie trotzdem so blühend und gesund aussah. Dieses blühende Äußere ärgerte Prinzeß Renate ungemein. Wenn sie auch die Schwester als »zu dick« und »vulgär« aussehend bezeichnete, hätte sie doch viel darum gegeben, deren jugendkräftige, edelgegliederte Formen zu besitzen, denn sie war viel zu hager, um schön zu sein.

Prinzeß Lolo bot freilich einen um so herzerfreuenderen Anblick. Aber wenn das gute Birkhühnchen nicht gewesen wäre und die ebenso gute Köchin, dann hätte das arme Prinzeßchen recht schmale blasse Wangen gehabt, und das junge Blut wäre kaum so frisch und gesund durch die Adern pulsiert.

Diese beiden treuen Seelen, die Prinzeß Lolo liebten, hielten heimlich manchen Leckerbissen, manches frische Ei und kräftige Stück Fleisch für ihr Prinzeßchen bereit. Und der Parkwächter Bielke stellte oft ein Körbchen mit Waldbeeren in das »Tuskulum«. Das war ein kleines Borkenhäuschen im Park, in dem Lolo schon als Kind gespielt hatte und das sie auch jetzt oft aufsuchte.

Aber auch heute stand Prinzeß Lolo nichts weniger als gesättigt vom Tisch auf mit dem Vorsatz, gleich nachher hinunter in die Küche zu huschen und zu sehen, ob die Köchin, Frau Bangemann, noch etwas für sie in der Speisekammer hatte. Prinzeß Renate pflegte sich nach Tisch in ihren Salon zurückzuziehen. Das war natürlich das hübscheste Zimmer im ganzen Haus. Alle einigermaßen ansehnlichen Möbel waren darin aufgestellt worden. Auch das für sie bestimmte Schlafzimmer mit einem kleinen, anstoßenden Garderoberaum war viel besser möbliert, als zum Beispiel das ihrer Schwester. Diese und Fräulein von Birkhuhn mußten mit einer Zimmereinrichtung fürlieb nehmen, wie sie in guten Häusern vielleicht Dienstboten zukam. Ehe Prinzeß Renate ihre Schwester entließ, erteilte sie ihr noch einen Verweis, weil sie zu geräuschvoll vom Tisch aufgestanden sein sollte.

»Wirst du dir nie diese vulgären Bewegungen abgewöhnen? Es ist unglaublich, wie du dich benimmst. Und dein Haar hängt dir wieder so wirr um den Kopf herum – es ist unerhört«, sagte sie mit unnachahmlich kränkendem Tonfall.

Sie ärgerte sich, daß ihr glanzloses, straffes Haar nicht in so anmutigem, natürlichem Gelock ihr Gesicht umgab, wie das der Schwester. Deshalb hatte sie immer daran auszusetzen.

Prinzeß Lolo faßte erschrocken nach ihrem Haar.

»Ich habe es vor Tisch erst ganz fest eingeflochten, Renate.«

»Das bezweifle ich. Du siehst aus wie ein Struwwelpeter. Aber natürlich, du kannst nie eine Ermahnung hinnehmen, ohne dich ungezogen zu verantworten. Das weiß ich schon. Fräulein von Birkhuhn, Prinzeß Lolo wird heute abend zur Strafe auf ihrem Zimmer speisen – und Fleisch bekommt sie nicht.«

Fräulein von Birkhuhn verneigte sich stumm und gewann es über sich, ihren Liebling strafend und empört anzusehen. Prinzeß Lolo blickte auf den Fußboden. Viel Eindruck machten die Worte der Schwester gewöhnlich nicht mehr auf sie. Sie war es gewohnt, unter allen Umständen gescholten zu werden, und nahm es hin als etwas Unabänderliches.

Prinzeß Renate war aber noch nicht fertig.

»Außerdem achten Sie doch bitte darauf, daß Prinzeß Lolo sich ernsthafter mit französischer Lektüre befaßt, und vergessen Sie bitte nicht, möglichst viel französisch mit ihr zu sprechen. Ihre Aussprache ist sehr mangelhaft.«

Wieder verneigte sich Fräulein von Birkhuhn und entgegnete kein Wort. Sie wußte, daß die jüngere Schwester ein viel reineres und graziöseres Französisch sprach als die ältere. Aber sagen durfte sie das leider nicht.

Noch immer wußte Prinzeß Renate etwas zu sagen.

»Also bitte, unerbittlich streng sein, Fräulein von Birkhuhn. Lassen Sie ihr nichts hingehen. Sie wissen, welche schlimmen Anlagen in ihr zu bekämpfen sind.«

Mit diesem letzten liebenswürdigen Trumpf rauschte Prinzeß Renate hoheitsvoll hinaus und zog sich in ihren Salon zurück.

Prinzeß Lolo und Fräulein von Birkhuhn sahen sich eine Weile schweigend an, bis sie drüben die Salontür hinter Prinzeß Renate ins Schloß fallen hörten. Dann atmeten sie zu gleicher Zeit tief auf. Prinzeß Lolo sah das alte Fräulein schelmisch an.

»Also bitte – unerbittlich streng, Birkhühnchen.«

»Still doch, um Gottes willen, sei vorsichtig, Kindchen!«

Das Prinzeßchen schüttelte sich.

»Brrr! Das war wieder schön! Duck dich, Seele, es kommt ein Platzregen. Und Hunger hab' ich noch wie ein Grenadier nach dem Parademarsch. Du bist doch sicher auch noch nicht satt.«

»Ach, Prinzeßchen, mein schwacher Magen ist schnell zufriedengestellt. Ich bin satt. Aber du – lauf doch mal zu Frau Bangemann, ehe wir hinaus in den Park gehen.«

Prinzeß Lolo gab ihr einen Kuß. »Liebes, herzliebes Birkhühnchen, was mußt du nicht alles mir zuliebe tun, was deinem ehrlichen Herzen widerstrebt. Nun geh nur inzwischen in den Park und nimm die Bücher mit. Während du dann ein wenig ruhst, mache ich einen Ausflug in mein Tuskulum, da ist der Park so wundervoll dicht und lauschig. Und, nicht wahr, Birkhühnchen, mit der französischen Lektüre hat es keine Eile?«

»Ach, Kind – ich kann dich ja längst nichts mehr lehren, du weißt alles viel besser als dein altes Birkhühnchen und sprichst so gut französisch, viel besser als ich.«

»Siehst du wohl! Wo soll das hinführen, wenn ich noch mehr lerne? Renate kann ja doch nicht kontrollieren, sie ist – entre nous – viel dümmer als ich.«

»Pst! Um Gottes willen still, du Unverstand, wenn Durchlaucht das hörte!«

Prinzeß Lolos Augen blitzten.

»Ach, manchmal wünsche ich mir brennend, es käme zu einem Krach. Ja, ich möchte ihr mal meine Meinung sagen, meiner durchlauchtigsten Schwester, wenn ich mich nur nicht so sehr vor ihren kalten Augen fürchtete.«

»Lieber Gott, das wäre schrecklich. Ich bitte dich, sei vernünftig und sag kein Wort. Ich betrübe mich zu Tode, wenn du dir noch mehr Strafen und Scheltworte zuziehst. Und daß du ja nicht vergißt, alte Handschuhe anzuziehen, wenn du in der Küche hantierst! Durchlaucht würde jede Spur an deinen Händen bemerken.«

Prinzeß Lolo blickte auf ihre schönen weißen Hände herab, die einem Bildhauer hätten zum Modell dienen können.

»Keine Sorge, Birkhühnchen, ich sehe mich schon vor. Renate ärgert sich zwar sehr, daß meine Hände schlanker und weißer sind, als die ihren. Wenn es aber umgekehrt der Fall wäre, dann würde sie sicher nicht verfehlen, diesen Umstand als ein Zeichen meiner niedrigen Abstammung hinzustellen. Ach, Birkhühnchen – manchmal möchte ich sie ins Gesicht schlagen, wenn sie mir meine arme tote Mutter verunglimpft. Ich kann es kaum noch ertragen.«

»Aber Kindchen, Kindchen«, jammerte das alte Fräulein ängstlich.

Prinzeß Lolos Gesicht hatte einen düsteren Ausdruck.

»Sie muß meine Mutter furchtbar gehaßt haben!« rief sie leidenschaftlich.

»Ich bitte dich, denk dich doch nicht in so etwas hinein«, bat Fräulein von Birkhuhn flehend.

Die Augen der jungen Prinzessin sahen fast schwarz aus, und um ihre Lippen zuckte es erregt.

»Jawohl, sie hat meine Mutter mit ihrem Haß verfolgt, ich weiß es. Und mich haßt sie auch. Sie quält und tyrannisiert mich nicht, wie sie vorgibt, um mich zu erziehen und meine Fehler zu verbessern. Nein, sie tut es nur, um ihren Haß zu befriedigen. Es würde ihr so gleichgültig sein, ob meine Erziehung vernachlässigt würde. Im Gegenteil, sie würde innige Genugtuung empfinden, wenn ich ein unleidliches, fehlerhaftes Geschöpf wäre, das kein Mensch leiden mag. Aber weil sie mich damit ungestraft quälen kann, gibt sie sich den Anschein, mich zu erziehen. Glaubst du, ich fühlte nicht, wie sie mich täglich mit Absicht kränkt und quält? Ach, manchmal habe ich einen Zorn in mir, der mir fast das Herz abdrückt.

Und ich hasse sie auch. Jawohl – so schlecht bin ich durch ihre lieblose Art geworden. Manchmal meine ich, ich könnte ihr etwas antun vor Zorn. Und es wäre mir eine Erleichterung, eine Wonne, wenn ich ihr sagen könnte, wie verhaßt sie mir geworden ist durch ihre lieblose, kaltherzige Art und dadurch, daß sie dich so häßlich behandelt, dich, die du selbstlos bei uns ausharrst, ohne einen Lohn für deine Aufopferung zu erhalten. Was mutet sie dir nicht alles in ihrem beleidigenden Hochmut zu!

Ja, ich möchte ihr das alles sagen – aber ich bin ihr gegenüber so jämmerlich feige, daß ich mich schäme. Und daran bist du mit schuld, Birkhühnchen; du würdest dich in den Tod grämen, wenn sie mich hinausjagte. Das würde sie auch sicher tun, obwohl sie gar kein Recht dazu hat. Denn ich bin genauso berechtigt, hier zu leben, wie sie, und mir gehört genau die Hälfte unserer Rente, obwohl sie sich anstellt, als gehöre ihr alles allein, und ich wäre auf ihre Gnade angewiesen. Aber lieber ginge ich in die weite Welt und arbeitete für meinen Lebensunterhalt, als von ihr nur einen Pfennig oder ein Stück Brot anzunehmen. Daß sie mich kränkt und quält, wollte ich ihr verzeihen, aber daß sie meine tote Mutter immer wieder schmäht und ihr das Leben so schwergemacht hat, daß sie mir die Liebe meines Vaters stahl – nein, das vergesse ich ihr nie, niemals – ich –«

Fräulein von Birkhuhn preßte mit allen Anzeichen von Herzensangst ihre Hand auf Prinzeßchens Mund.

»Um Gottes willen, Kind – Lolo, willst du denn Unheil über dich und mich heraufbeschwören? So kenne ich dich noch gar nicht! Hast doch bisher alles geduldig ertragen. Beruhige dich, mein Prinzeßchen, sei doch vernünftig, mache mir keine solche Unruhe. Wenn Durchlaucht solche Worte hörte, es wäre nicht auszudenken, was dann geschehen würde.«

Prinzeß Lolo warf sich in die Arme des alten Fräuleins.

»Liebe, Gute – wenn ich dich nicht hätte, ich ertrüge es längst nicht mehr. Nein, sei ruhig, ich bin ja schon still. Kein Sterbenswörtchen sag' ich mehr. Ich mußte mir nur einmal ein wenig Luft schaffen. Armes Birkhühnchen, wie du zitterst! Du hast ja noch viel mehr Angst vor Renate als ich.«

»Um deinetwillen, Kind – um deinetwillen. Ich habe doch nun mal mein Herz an dich gehängt, seit ich in das Haus deines Vaters kam. Ich merkte gleich, daß du allen im Weg warst. Und du warst doch so ein goldiges kleines Ding. Da gab ich dir alles, was in meinem vereinsamten Herzen an Liebe wohnt. Es verlangte kein anderer Mensch danach, und du brauchtest notwendig ein bißchen Liebe.«

Die junge Dame sah lächelnd, aber mit feuchten

Augen in das zuckende Gesicht des alten Fräuleins und streichelte das kleine faltige Gesichtchen.

»Und dabei tatest du in Gegenwart der anderen, als wolltest du mich vor Bärbeißigkeit umbringen. Du liebe, treue Seele! Ich weiß noch ganz genau, wie du mich eines Abends in Renates Gegenwart scheltend und rauh zufassend zu Bett gebracht hattest. Dann ging Renate hinaus, und da zogst du mich plötzlich in deine Arme, streicheltest mein Haar und küßtest meine Wangen. Und dabei sagtest du: ›Weine nicht mein goldiges Herzchen, ich hab' dich lieb und zanke nur, damit es niemand merkt.‹ Ach – an jenem Abend schlief ich so süß getröstet ein und sehnte mich zum ersten Mal nicht so arg nach meinem Mütterchen. Und seitdem bist du mein guter Engel geworden. Wenn ich dir das nur einmal vergelten könnte.«

Fräulein von Birkhuhn gebrauchte mit Ausdauer ihr Taschentuch. Sie war so gerührt, daß ihr die Tränen immer wieder über die Wangen rollten.

»Kindchen – was willst du mir noch vergelten? Machst doch mein armes Leben so reich und schön durch deine Liebe.«

Prinzeß Lolo schüttelte gewaltsam ihre Ergriffenheit ab.

»Du, jetzt wird nicht mehr geweint! Du bekommst sonst wieder Kopfweh. Jetzt sind wir beide ganz vergnügt und froh, denn für zwei Stunden sind wir frei. Gesegnet sei Renates Ruhebedürfnis nach Tisch. Nun geh, Birkhühnchen, ich folge dir bald.«

Fräulein von Birkhuhn ging in den Park und Prinzeßchen schlüpfte lautlos in die Küche. Kurze Zeit darauf ging sie Fräulein von Birkhuhn nach.

So lange sie vom Hause aus beobachtet werden konnte, behielt sie eine steife, gezwungene Haltung bei. Als sie aber zwischen den Bäumen verschwand, kam Leben in ihre Gestalt. Sie schritt elastisch aus und hob den Kopf leichter und freier. Den schmucklosen, schon arg ramponierten Hut hing sie an den Arm und ließ die warme Sommerluft mit ihrem Haar spielen.

Das ganze Gesicht veränderte sich. Es lag jetzt so viel Lebensfrische und Daseinsfreude auf diesen jungen reinen Zügen, daß es eine Lust war, hineinzublicken. Eine klassische Schönheit war Prinzeß Lolo keineswegs. Ihre Züge waren unregelmäßig, aber sehr lieblich. Der wundervolle klare Teint, die großen strahlenden Augen, deren Blau sich zuweilen zu einem tiefen Schwarz verdunkelte, wenn sie erregt war, der schön geschweifte, frischrote Mund, hinter dem gesunde weiße Zähne blitzten, und das herrliche goldlockige Haar – das alles vereinigte sich zu einem Ganzen voll entzückender Jugendfrische und Anmut, zumal das reizende Köpfchen auf einer schlanken, jugendkräftigen Gestalt saß, deren edle Linien auch in dem schlichten Anzug zur Geltung kamen.

Sie trug einen einfachen, grauen Faltenrock, den ihre Schwester abgelegt und den Fräulein von Birkhuhn für sie passend gemacht hatte, dazu eine in schmale Fältchen abgenähte weiße Leinenbluse, ohne jeden Schmuck. Der ebenfalls von Prinzeß Renate abgelegte Ledergürtel war zwar schon etwas abgeschabt, aber er umspannte eine biegsame, schlanke Taille, und wenn der Rock auch nicht neu war, so schmiegte er sich doch glatt und fest um die jugendlich-schlanken Hüften.

Wie eine Prinzessin sah sie freilich nicht aus, eher wie ein schlichtes Bürgermädchen aus einfachen Verhältnissen. Nur die schmalen, schönen Hände und Füße und die bei aller Anmut vornehmen und aristokratischen Züge verrieten die Dame aus einer höheren Gesellschaftsklasse.

Auf der »Schlummerbank«, die inmitten des Parkes unter einer prachtvollen, breitästigen Buche stand, fand sie Fräulein von Birkhuhn. Vor ihr stand Bielke, der Parkwächter. Er hatte eben gemeldet, daß er für das Prinzeßchen ein Körbchen mit Walderdbeeren gepflückt und in das Tuskulum gestellt habe.

Als er Prinzeß Lolo erblickte, sagte er es ihr selber noch einmal. Sie dankte ihm lächelnd und fragte freundlich:

»Wie geht es, Bielke?«

»Danke schön, Prinzeßchen Durchlaucht. Wenn es besser ginge, wäre es nicht zu ertragen.«

Prinzeßchen lachte.

»Was sind Sie für ein beneidenswerter Mensch. Aber lassen Sie doch die ›Durchlaucht‹ weg, Bielke. Wenn es meine Schwester nicht hört, schenken Sie sich ruhig diesen umständlichen Titel.«

Bielke zog seine Mütze und ging davon. Lolo sah ihm lächelnd nach.

»Wie gut ihr doch alle zu mir seid. Birkhühnchen, du, Frau Bangemann und Bielke. Und nun mußt du deine Mittagsruhe halten. Von den Erdbeeren bringe ich dir die Hälfte mit.«

»Ach, iß sie nur allein«, wehrte das alte Fräulein ab.

Prinzeßchen küßte ihre Wange.

»Ich bin so satt jetzt, Birkhühnchen, du kannst ohne Gewissensbisse von den Beeren nehmen. Also adieu bis nachher.«

»Adieu, Kindchen – und pünktlich wiederkommen, hörst du.«

»Keine Angst, ich bin rechtzeitig wieder hier.«

Damit ging Prinzeßchen tiefer in den Park hinein. Immer dichter wurde das Gestrüpp und hinter einer großen Gebüschgruppe wurde endlich das kleine Borkenhäuschen sichtbar. Es war mehr eine Hütte, aber sie war noch gut erhalten, da sie nicht nur versteckt, sondern auch geschützt lag.

Die Tür wurde von außen durch einen Holzriegel verschlossen, den Bielke angebracht hatte. Ebenso wurden die Läden der beiden Fenster mit solchen Riegeln festgehalten. Glasfenster gab es gar nicht. Als Prinzeß Lolo die Fensterläden geöffnet hatte, strömte die golden flimmernde Sommerluft ungehindert ein in den kleinen Raum. Nun entfernte sie auch den Riegel von der Tür und trat, ein Liedchen vor sich hinsummend, hinein. Mitten in der Hütte stand ein aus Baumstämmen und einer runden Platte gefertigter Tisch. Damit hatte Bielke sein angebetetes Prinzeßchen eines Tages überrascht. Auch zwei Sesselchen hatte er dazu angefertigt.

Auf dem Tischchen stand das sauber aus Binsen geflochtene Körbchen mit den duftenden Walderdbeeren.

Prinzeß Lolo ließ sich auf das eine Sesselchen nieder und schmauste ihren Anteil an den Beeren. Dann las sie ein Weilchen in einem mitgebrachten Buch. Der Inhalt schien sie aber nicht zu fesseln. Sie sprang auf und schaute zum Fenster hinaus.

Inzwischen war es Zeit geworden, zu Fräulein von

Birkhuhn zurückzukehren. Sie hing das halbgeleerte Körbchen an den Arm und schloß Tür und Fenster ihres Tuskulums, das sie als ihr ureigenes Reich betrachtete. Dann ging sie zur »Schlummerbank« zurück.

Fräulein von Birkhuhn saß friedlich auf der Bank. Ihr Köpfchen mit dem winzigen Zopfkrönlein und der neckischen schwarzen Spitzenhaube nickte haltlos hin und her und verriet, daß sie schlief.

Ganz leise trat Prinzeß Lolo heran und stellte das Beerenkörbchen neben sie hin. Dann sah sie nach der Uhr. Ein Viertelstündchen mochte sie ruhig noch schlafen. Dann blieb ihr noch genug Zeit, die Beeren zu verspeisen, ehe Renate in den Park kam.

Mit schelmischem Lächeln, aber sehr behutsam, setzte sie sich auf die Bank und sah nach der alten Dame hinüber. Wie müde sie sein mußte, das arme, alte Birkhühnchen. Von früh bis spät ließ ihr Renate keine Ruhe. Und sie schaffte so unermüdlich, immer bereit, immer willig und freundlich. Wie selbstlos und treu war dieses schlichte, anspruchslose Geschöpf. Was hatte sie davon, daß sie ihre schwachen Kräfte aufrieb im Dienste zweier armer Prinzessinnen, von denen die eine sie unfreundlich und hochmütig behandelte, obwohl sie ihre Dienste nur sehr mangelhaft bezahlte, und die andere ihr allerlei Sorgen und Ängste bereitete? Liebe, gute, treue Seele! Wie verdienstvoll war ihr schlichtes Wirken.

Lolos Augen schimmerten feucht.

»Wenn ich es dir nur einmal vergelten könnte, du Gute«, dachte sie gerührt.

Aber die Zeit verging – Birkhühnchen mußte geweckt werden.

Prinzeßchen rückte an ihre alte Freundin heran und legte ihre junge, warme Hand auf die ihre. Die Schlafende fuhr auf und blickte zuerst ein wenig verwirrt umher.

»Ach – du bist es, Kindchen. Beinahe wäre ich eingeschlafen. Es ist gar zu still und friedlich hier, und warm ist es heute.«

Die junge Dame lächelte verstohlen.

»Nun komm, Birkhühnchen, jetzt mußt du die Erdbeeren verspeisen. Schau nur, wie köstlich sie sind, und wie sie duften!«

Fräulein von Birkhuhn sah auf die Früchte herab.

»Willst du sie nicht selber noch essen?«

Prinzeß Lolo stöhnte drollig auf.

»Es geht beim besten Willen nicht, ich habe ausgiebig bei Frau Bangemann diniert, weil mich doch Renate heute abend auf halbe Ration gesetzt hat, – es ist scheußlich von ihr.«

»Kind, sei doch gut, sie meint es nicht so schlimm«, sagte die alte Dame, von den Beeren naschend.

Prinzeßchen schüttelte heftig den Kopf.

»Du hast natürlich in deiner Herzensgüte für alles eine Entschuldigung und gibst dir Mühe, auch aus Renate einen Engel zu machen. Aber ich kann nicht so schrecklich gut sein wie du. Wenn ich dich nicht hätte, ich würde ganz gewiß böse und hartherzig geworden sein vor Zorn über Renates Behandlung. Wenn ich jedoch sehe, wie geduldig du alles trägst und für alles noch eine Entschuldigung findest, dann schäme ich mich meines Unmutes.«

»Kindchen, wenn man älter wird, urteilt man über alles milder. Die Jugend ist rasch und unbesonnen.

Aber böse und hartherzig, das kannst du nie werden – du mit deinem weichen Herzen. Und all dein vermeintlicher Haß gegen deine Schwester wäre gleich verflogen, wenn sie dir nur einmal ein gutes Wort sagte.«

»Das erleben wir aber beide nicht, Birkhühnchen. Aber wir wollen nicht mehr davon reden.«

Sie plauderten nun von anderen Dingen. Als Birkhühnchen das Körbchen geleert hatte, trug es Prinzeß Lolo hinter einen Baum und verbarg es im hohen Rasen.

Als Prinzeß Renate um vier Uhr ihre tägliche Promenade durch den Park machte, saßen die beiden eifrig über den Büchern. Prinzeß Lolo las dem alten Fräulein aus einem französischen Werk vor.

Prinzeß Renate blieb mit kritischer Miene stehen und hörte eine Weile zu. Natürlich ließ sie sich diese Gelegenheit nicht entgehen, einige gehässige, abfällige Bemerkungen anzubringen.

Ihre junge Schwester sah ausdruckslos auf das Buch herab. Nur das aufsteigende Rot verriet, daß sich hinter der weißen Stirn rebellische Gedanken kreuzten.

Fräulein von Birkhuhn verkörperte wieder die strenge, unzufriedene Mentorin und verlangte einige Male mit harter Stimme, daß eine Stelle wiederholt würde. Prinzeß Lolo tat das gehorsam.

Ihre Schwester bohrte ihre Augen in ihr unbewegtes Gesicht und bemerkte, wie schon oft in letzter Zeit, daß Lolo mit jedem Tag lieblicher erblühte. Diese Erkenntnis erbitterte sie noch mehr. Fühlte sie doch, daß sie selbst am Verblühen war, daß ihre Erscheinung mehr und mehr alle Jugendfrische verlor.

Das Gespenst des herannahenden Alters grinste sie an. Was hätte sie gegeben, wenn sie zwölf Jahre jünger gewesen wäre, wie Lolo. Wäre diese nicht gewesen, dann hätte sie das nicht so hart empfunden. So aber erinnerte sie der Schwester reizvolles Bild an die eigene, verlorene Jugend. Als sie so alt war wie Lolo jetzt, da lebte der Vater noch, da machte man noch ein großes Haus und galt noch etwas in der Gesellschaft. Aber schon des Vaters zweite Frau hatte sie beiseite gedrängt. Deren Schönheit und Lieblichkeit hatte die heranwachsende Renate in den Schatten gestellt. Heute fragten nur noch wenige Menschen nach ihr. Einige pensionierte Offiziere mit ihren Frauen, einige herzogliche Beamte, die in Weißenburg lebten, kamen in regelmäßigen Zwischenpausen und saßen die vorschriftsmäßigen zehn Minuten bei ihr ab. Zuweilen kam man auch zum Tee zu ihr oder zog sie als eine Art Dekorationsstück zu den offiziellen Festlichkeiten heran. Aber was war das gegen die Geselligkeit im Vaterhaus, wo man noch mit dem herzoglichen Hof in Verbindung stand. Und wie lange noch – dann mußte sie, obwohl sie es immer wieder hinausschob, die Schwester in die kleine Gesellschaft, die ihr geblieben war, einführen. Dann würden die wenigen Huldigungen geteilt werden müssen – oder man zog ihr gar Lolo vor. Oh, wie sie dieses Geschöpf haßte, wie sie fühlte, daß dieser Haß wuchs, von Tag zu Tag an ihr fraß wie ein zehrendes Gift.

Und sie glaubte gar noch ein Recht zu haben zu diesem Haß.

IV

Zwei Tage später ging Prinzeß Lolo, in ein Buch vertieft, langsam den breiten Weg an der Parkmauer entlang. Sie trug denselben schlichten Anzug, und der breite, unschöne Hut, den sie zum Schutz gegen die Sonne aufgesetzt hatte, verhüllte ihr schönes Haar und beschattete das Gesicht.

Sie schlenderte so recht behaglich, in ihre Lektüre vertieft, dahin. Prinzeß Renate war ausgegangen. Man plante in Weißenburg ein großes Sommerfest mit Basar, italienischer Nacht und allerlei Kurzweil. Der Ertrag des Festes sollte dem Frauenhilfsverein zugute kommen. Prinzeß Renate hatte man gebeten, das Protektorat zu übernehmen, und sie ließ sich nie eine Gelegenheit entgehen, mit ihrer Person hervorzutreten. Auch um Prinzeß Lolos Beteiligung hatte man, wie schon oft in solchen Fällen, gebeten. Prinzeß Renate schlug jedoch diese Einladung rundweg ab, weil ihre Schwester noch zu jung sei. Daß man mit fast neunzehn Jahren erwachsen ist, ignorierte sie einfach.

Prinzeß Lolo hätte brennend gern dieses Fest besucht. Sie war so jung und lebensfroh, und in ihrem abgeschiedenen Dasein hatte es noch nie ein Fest gegeben. Die Schwester erklärte ihr jedoch kalt, solange ihr Betragen noch Anlaß zu Klagen und Tadel gäbe, fühle sie sich nicht veranlaßt, sich mit ihr in der Öffentlichkeit zu zeigen.

Prinzeß Lolo dachte, daß sie in den Augen der Schwester nie tadellos erscheinen würde. Daß es nur ein Vorwand war, sie von jeder Geselligkeit fernzuhalten, wußte sie sehr gut. Sie seufzte traurig auf und ballte verstohlen zornig die Hände. Aber was half das? Sie mußte sich fügen. Fräulein von Birkhuhn hatte sie getröstet, so gut es ging, und war nun, Prinzeß Renate als Ehrendame begleitend, mit dieser zur Komiteesitzung gegangen. So war Prinzeß Lolo ganz allein zu Hause und hielt sich nun wenigstens an einer guten Lektüre schadlos.

Bereits wieder mit ihrem Schicksal ausgesöhnt, kam sie in die Nähe des Parktores, neben dem das Pförtnerhäuschen stand. Sie blickte auf. Ob Bielke wohl daheim war? Er würde sich freuen, wenn sie ihm einen Besuch abstattete. Lächelnd trat sie in den schmalen Hausflur und klopfte an eine Tür. Aber niemand forderte sie zum Eintreten auf, und die Tür war verschlossen.

So verließ sie das Häuschen wieder und setzte sich draußen unter dem Fenster auf eine Bank. Sie konnte ja hier weiterlesen und auf Bielke warten.

Bald war sie wieder in ihrer Lektüre vertieft und bemerkte nicht, daß jenseits des verrosteten, mit allerlei kühnen Arabesken geschmückten alten Parktores ein junger, schlanker Herr daherkam. Vor dem Tor blieb er stehen und schaute hinein in den Park. Dabei fiel sein Blick auf die lesende junge Dame, von deren Gesicht er, des Hutes wegen, nicht viel zu sehen bekam.

Der Fremde trug einen eleganten, aber unauffälligen dunkelblauen Anzug und einen Panama. Das gebräunte Gesicht und die Haltung verrieten den Offizier in Zivil. Und die lustigen braunen Augen, in denen es übermütig aufblitzte, waren die des Prinzen Joachim von Schwarzenfels. Er ahnte nicht, daß die junge Dame, die, in ihr Buch vertieft, vor ihm saß, die Prinzessin Lokandia Wengerstein war. Wie hätte er auch auf die Vermutung kommen sollen. Es erschien ihm viel wahrscheinlicher, daß er die Tochter des Pförtners vor sich hatte.

Seit gestern abend weilte er in Weißenburg und hatte im ersten Gasthof des Städtchens, der unweit des Parks lag, unter dem Namen eines Barons Schlegell Wohnung genommen. Zur Bedienung hatte er nur seinen Burschen mitgebracht und den Kammerdiener als lästig zu Hause gelassen. Dieser Bursche war ein brauchbarer, intelligenter Mensch und genügte ihm vollständig zur Bedienung. Jedenfalls wollte er jedes Aufsehen vermeiden, um sein Inkognito zu schützen.

Im Hotel hatte er sich bereits etwas über die Weißenburger Verhältnisse orientiert. Dabei hatte man ihm auch von dem großen Sommerfest unter dem Protektorat der Prinzessin Renate Wengerstein erzählt und ihm als große Sehenswürdigkeit den Park am Prinzessinnenschlößchen gerühmt.

Prinz Joachim ließ bei dieser Gelegenheit durchblicken, daß er vom Herzog die Erlaubnis erhalten habe, im Schloßpark Skizzen aufzunehmen. Er aquarellierte zuweilen in seinen Mußestunden, und das hatte den Vorwand gegeben, sich den Prinzessinnen in unauffälliger Weise zu nähern. Fürst Egon hatte seinem Sohn ein Empfehlungsschreiben des Herzogs an die Prinzessinnen verschafft, zugleich mit der Erlaubnis, zu jeder Tageszeit den Park betreten und Skizzen aufnehmen zu dürfen. So hätte Prinz Joachim unverweilt den Prinzessinnen als Baron Schlegell seinen Besuch machen können. Aber er zog es vor, zunächst einmal ein wenig in der Nähe des Schlößchens zu sondieren.

Und nun stand er am Parktor und fand es verschlossen. Als er die lesende Dame erblickte, blitzte es entschlossen in seinen Augen auf.

»Pardon, mein sehr verehrtes Fräulein, ist es erlaubt, hier einzutreten?« rief er ihr zu.

Überrascht hob Prinzeß Lolo den Kopf und schaute einen Moment sprachlos auf den Fremden, der nun artig, aber ein wenig flüchtig den Hut zog.

Aber auch in Prinz Joachims Augen spiegelte sich einige Überraschung. Dieses liebreizende Mädchengesicht hatte er nicht unter dem häßlichen Hut gesucht. Unwillkürlich verneigte er sich noch etwas tiefer.

Prinzeß Lolo betrachtete es keineswegs als ein Verbrechen, daß sie hier so ohne weiteres von einem Fremden angeredet wurde. Es geschah nicht zum ersten Mal, daß sich jemand um Auskunft betreffs des Parks an sie wendete. Wer sollte auch in ihr eine Prinzessin vermuten? Aber sie konstatierte mit großer Genugtuung in ihrem Innern, daß noch nie ein so hübscher, stattlicher und eleganter Mann ihren Weg gekreuzt hatte.

Das übermütige Funkeln seiner Augen erweckte auch in ihr die Lust, einmal übermütig zu sein. Ein leiser schalkhafter Zug gab ihrem Gesichtchen einen so entzückenden Ausbruch, daß der Prinz nichts weiter dachte als: »Donnerwetter!«

»Die Besichtigung des Parks ist erlaubt, aber durch dieses Tor können Sie nicht eintreten. Es ist verschlossen. Weil der Schlüssel verloren ging, wird es nie mehr geöffnet«, gab sie freundlich und bereitwillig Auskunft.

»Würden Sie die Güte haben, mir zu sagen, wo

ich einen Eingang finde?« fragte Prinz Joachim, das feine, schelmische Mädchengesicht nicht aus den Augen lassend.

»Halten Sie sich rechts. In zehn Minuten etwa erreichen Sie die Eingangspforte.«

Prinz Joachim blickte unschlüssig zu ihr hinüber. Er hatte gar keine Lust, die eben begonnene Unterhaltung abzubrechen. Die junge Dame gefiel ihm zu gut. Daß sie die Pförtnerstochter war, glaubte er nicht mehr. Ihre ganze Haltung, ihre Ausdrucksweise und ein gewisses, undefinierbares Etwas verrieten ihm trotz der schlichten Kleidung die vornehme Dame. Vielleicht gehörte sie in das Prinzessinnenschlößchen – am Ende hatte er gar eine Hofdame der Prinzessinnen vor sich. Die Verhältnisse im Schlößchen sollten mehr als einfach und bescheiden sein. Wahrscheinlich konnten die Prinzessinnen ihre Hofdamen nur schlecht bezahlen. Jedenfalls wollte er bei dieser Gelegenheit versuchen, etwas über Prinzeß Lokandia zu erfahren. Die lustigen Mädchenaugen da drüben sahen nicht aus, als könnten sie über einen übermütigen Streich zürnen.

»Ich ziehe es vor, hier überzuklettern, um mir den Weg zu sparen«, sagte er plötzlich, und ehe sie etwas erwidern konnte, schwang er sich gewandt über das eiserne Tor und stand, die Hacken zusammenschlagend und sich tief verneigend, vor ihr.

»Baron Schlegell! Gnädiges Fräulein verzeihen gütigst mein ungestümes Eindringen – aber ich liebe die kürzesten Wege.«

In Prinzeß Lolos Gesicht zuckte der Schalk. Sie hätte gern recht fröhlich aufgelacht. Aber sie dachte zur rechten Zeit daran, daß dies unschicklich sei. Mit einem energischen Ruck klappte sie ihr Buch zu, erhob sich und schritt, ein wenig steif den Kopf neigend, an ihm vorüber. Der arme Prinz bekam nun doch einen heillosen Schreck über seine eigene Kühnheit. Alle Wetter – wie stolz sie ihn abfallen ließ. Sollte er nun seine Dreistigkeit mit einem schmählichen Rückzug büßen? Aber nein – dem Mutigen gehört die Welt. Er eilte ihr nach.

»Ich muß nochmals dringend um Entschuldigung bitten, mein gnädiges Fräulein. Nur der Umstand, daß ich vom Herzog selbst die Erlaubnis bekam, in diesen Park einzudringen, ließ mich so kühn vorgehen. Ich wäre sehr unglücklich, wollten mir gnädiges Fräulein nicht verzeihen.«

Prinzeß Lolos Fuß stockte. Gar zu gern hätte sie sich länger mit dem hübschen jungen Mann unterhalten. Aber was würde Renate dazu sagen? Indes – Renate war weit, und dieser Baron Schlegell berief sich auf den Herzog. Sollte sich das nicht bedenken lassen? Sie wandte das Gesicht und ihre Augen trafen die seinen. Ein eigenes Gefühl beschlich sie unter seinem bittenden Blick. Halb gegen ihren Willen fragte sie zögernd:

»Der Herzog selbst erlaubte Ihnen, in den Park zu dringen?«

»So ist's, mein gnädiges Fräulein. Ich habe seine schriftliche Erlaubnis, in diesem Park Aquarellstudien und photographische Aufnahmen zu machen und besitze ein eigenhändiges Empfehlungsschreiben des Herzogs an die beiden Prinzessinnen Wengerstein, denen ich morgen zu schicklicher Stunde meinen Besuch machen werde.«

Prinzeß Lolo blieb nun mit einem heimlichen Aufatmen stehen. Unter diesen Umständen konnte man ihm seine Kühnheit verzeihen, ohne sich etwas zu vergeben. Sie war sehr froh darüber. Es verstieß nun nicht mehr gegen den guten Ton, ein wenig mit ihm zu plaudern. Und wenn auch – die Lust, ein kleines, harmloses Abenteuer zu erleben, prickelte ihr im Blut. Hatte sie doch erst heute wieder schmerzlich empfunden, daß sie so still und abgeschlossen lebte und nie mit jungen fröhlichen Menschen zusammenkam. Hier hatte ihr der Zufall ein heiteres Intermezzo geboten, sie wollte diese Gelegenheit ausnützen. Übermütig beschloß sie, diesen Baron Schlegell über ihre Person im unklaren zu lassen.

Während sie das alles erwog, fiel ihr Blick auf seine Hände und nun war es mit einem Mal mit ihrer Fassung zu Ende. Sie mußte lachen, und auf seine Hände zeigend, sagte sie mit drolliger Würde:

»Da Sie so grausam an Ihren Glacés gestraft worden sind, will ich verzeihen.«

Er blickte verdutzt auf seine Handschuhe herab. O weh – das eiserne, stark verrostete Tor hatte dieselben übel zugerichtet. Sie waren geplatzt und voller Flecke.

Froh stimmte er in ihr Lachen ein und entledigte sich schleunigst seiner mißhandelten Handbekleidung.

»Gott sei Dank. Gesegnet sei dies kleine Malheur, da es mir die Verzeihung des gnädigen Fräuleins erwirkte! Ich irre wohl nicht, wenn ich annehme, daß gnädiges Fräulein zu den Bewohnern des Schlößchens gehören?«

»Ja – ich wohne hier«, sagte sie, ihren Hut an den Arm hängend, denn sie waren jetzt im Schatten.

Prinz Joachim warf einen entzückten Blick auf das herrliche, goldlockige Haar und dachte schon wieder: »Donnerwetter.« Aber er sagte nur sehr artig:

»Ergebensten Dank, mein sehr verehrtes, gnädiges Fräulein. Gestatten Sie mir, Ihnen eine Bitte vorzutragen?«

Sie sah ihn unsicher an. Lieber Gott, was würde Birkhühnchen sagen, wenn sie ihr später beichtete! Und Renate? Nein – die durfte gar nichts erfahren, um keinen Preis! Aber warum jetzt an Renate denken? Die Sonne schien so warm und hell, die Vögel sangen, und aus dem hübschen lachenden Männergesicht strahlten ein paar warme graue Augen mit sichtlichem Wohlgefallen in die ihren. Mochte daraus entstehen, was da wollte, sie kostete diese fröhliche Stunde aus.

»Was wünschen Sie?«

»Ich möchte um Ihre gütige Erlaubnis bitten, mich Ihnen anschließen zu dürfen, da Sie anscheinend eine Promenade durch den Park beabsichtigen. Unter Ihrer gütigen Führung würde ich wohl am leichtesten die schönsten Stellen kennenlernen.«

Prinzeß Lolo wurde dunkelrot. Aber ein Blick in sein bittendes Gesicht verscheuchte all ihre Bedenken.

»Nun – da Sie der Herzog selbst mit einem Erlaubnisschreiben versehen hat, will ich Gnade für Recht ergeben lassen und Ihnen gestatten, mich zu begleiten«, sagte sie mit würdevollem Ton.

Er blickte immer wieder voll Entzücken in dieses junge, unbeherrschte Gesicht, in dem sich jede Regung so deutlich und wahrhaftig widerspiegelte. Wahrscheinlich herrschte in dem Prinzessinnenschlößchen ein strenger, unfreier Ton und der Übermut in ihren lachenden Augen kämpfte gegen das gewohnte Zeremoniell.

Sie gingen nun nebeneinander tiefer in den Park hinein. Der Prinz gab seinem Entzücken über den herrlichen Park lebhaftesten Ausdruck. Seiner Rolle eingedenk, warf er einige Male Bemerkungen über »malerische Wirkungen« ins Gespräch. Er wollte den Anschein erwecken, als sei er nur nach Weißenburg gekommen, um im Park zu skizzieren. Immer freier und ungezwungener plauderten die beiden jungen Menschen miteinander. Es war, als seien sie losgelöst von allen lästigen und steifen Formen, einfach zwei fröhliche Menschenkinder, denen die Jugendlust aus den Augen sprang.

Dem Prinzeßchen gefiel dieser Spaziergang ausnehmend. Sie wußte wohl, daß er eigentlich ein verbotenes Vergnügen war. Aber Renates Weigerung, sie das Sommerfest besuchen zu lassen, hatte ihren Trotz geweckt. Wozu war sie jung? Ach – und die Welt war so sonnig und schön, das Hohelied des Lebens drang der atemlos Lauschenden zum Herzen, und verstohlen streifte ihr Blick wieder und wieder das gebräunte Männerantlitz an ihrer Seite.

Und traf dann ihr Blick zuweilen sekundenlang den seinen, war ein seltsames Freuen in ihr. Bei aller Artigkeit und Ehrerbietung, die er ihr gegenüber an den Tag legte, fühlte sie doch heraus, daß sie ihm wohlgefiel.

Langsam waren sie bis an die Schlummerbank gekommen, aber Prinz Joachim wußte noch immer nicht, wer seine Begleiterin sei. Deshalb begann er seine Fühler auszustrecken.

»Gnädiges Fräulein gehören sicher zur nächsten Umgebung der Prinzessinnen Wengerstein?«

In den Augen der Prinzessin Lolo blitzte der Schalk.

»Zur allernächsten«, sagte sie rasch.

»Ich habe es mir gleich gedacht. Die Herrschaften führen wohl ein sehr stilles, zurückgezogenes Leben?«

»Allerdings.«

»Die Prinzessinnen sind wohl schon sehr alt«, sondierte er weiter, sich absichtlich unwissender stellend als er war.

Seine Begleiterin lachte leise in sich hinein.

»Ich weiß nicht, ob Ihnen dreißig Jahre als ein sehr hohes Alter erscheinen. So viele Jahre zählt Prinzeß Renate.«

»Ah – noch so jung. Und Prinzeß Lokandia?«

Sie wandte schnell, den Kopf nach ihm um.

»Sie kennen ihren Vornamen?«

»Nun ja – ich hörte ihn nennen. Ist sie viel älter als Prinzeß Renate?«

»Sie ist etwas über achtzehn Jahre alt.«

»Das ist mir sehr überraschend! Ich denke, ich habe ein paar sehr alten Damen meine Aufwartung zu machen. Jedenfalls ist aber der Altersunterschied der Prinzessinnen recht bedeutend.«

»Sie sind Halbschwestern.«

»Ah – danke sehr, nun bin ich orientiert. Gnädiges Fräulein gehören aber sicher zum Hofstaat der jüngeren Prinzessin? Ich habe mir gleich gedacht, daß ich eine der Hofdamen vor mir habe.«

Daß er sie erst für die Pförtnerstochter gehalten hatte, verschwieg er klüglich.

Wieder trieb der Schalk in Prinzeß Lolos Gesicht sein Wesen. Aber sie sagte ganz ruhig:

»Oh, einen eigentlichen Hofstaat gibt es nicht im Prinzessinnenschlößchen, dazu sind die beiden Prinzessinnen viel zu arm, Prinzeß Renate hat allerdings eine Art Hof- oder Ehrendame, Fräulein von Birkhuhn.«

»Und gnädiges Fräulein nehmen sicher bei Prinzessin Lokandia denselben Ehrenposten ein?«

Prinz Joachim sagte sich, daß er eine kaum zu entschuldigende Neugier an den Tag legte. Aber einmal hätte er gern gewußt, wer seine Begleiterin war, und dann hoffte er, etwas Näheres über Prinzeß Lokandia zu erfahren.

Prinzeß Lolo amüsierte sich himmlisch.

»Sagen Sie ja niemals mehr Prinzeß Lokandia«, warnte sie mutwillig. »Die Prinzessin mag diesen pompös klingenden Namen gar nicht hören und wird nur Prinzeß Lolo genannt. Im übrigen haben Sie recht, Herr Baron. Ich bin Prinzeß Lolos Hofdame, Gesellschafterin und meist auch ihre Kammerzofe – alles in einer Person.«

Er machte ein unbehagliches Gesicht. »Mir scheint die Prinzessin ist dann eine sehr anspruchsvolle Dame und verlangt mehr von Ihnen, als ihr zukommt.«

»Das tut gar nichts – wir sind ganz gute Freunde und nehmen uns gegenseitig nichts übel. Prinzessin Lolo ist nicht älter als ich und zuweilen ein wenig töricht und übermütig, wenn nicht gerade Prinzeß Renate in der Nähe ist.«

»So ist Prinzeß Renate eine Art Respektsperson für ihre Schwester?«

»Hm! Das will ich meinen. Sie ist für jedermann

im Haus Respektsperson, so stolz und so streng und – nun, sie dürfte zum Beispiel nicht wissen, daß ich mit Ihnen plaudere. Aber im ganzen kenne ich Prinzeß Lolo viel besser und verstehe mich ausgezeichnet mit ihr.«

»Sie scheinen ihr sehr zugetan zu sein, obwohl sie Ihre Dienste mehr als erlaubt in Anspruch nimmt.«

Prinzeß Lolo lachte fröhlich auf, wie nur ein junges, von Herzen vergnügtes Menschenkind lachen kann. Dies Lachen fand Prinz Joachim so reizend, daß er darüber momentan ganz vergaß, was ihn hierherführte.

»Was soll denn die arme Prinzeß Lolo machen? Sie hat keine andere Dienerin als mich und kann sich nicht den Luxus gestatten, mich faulenzen zu lassen. Deshalb liebe ich sie aber doch so sehr wie mich selbst.«

»Das ist sehr edel von Ihnen. Hoffentlich verdient Prinzeß Lolo so viel Liebe.«

»Nun – Liebe fragt nicht nach Verdienst. Jedenfalls beruht sie aber in diesem Fall auf Gegenseitigkeit. Alles, was ich der Prinzessin zu Liebe tue, tut sie mir auch.«

Prinz Joachim sah sehr zufrieden aus. Diese Prinzeß Lolo schien sehr nett zu sein. Wenn sie übrigens ihrer reizenden Hofdame glich, konnte er sich glücklich schätzen. Er freute sich, daß ihm seine Begleiterin so bereitwillig Auskunft gab und ahnte nicht, daß sie ihre Schelmerei mit ihm trieb.

»Das ist sehr schön von Prinzeß Lolo und gefällt mit sehr. Ich freue mich darauf, sie kennenzulernen.«

Prinzeß Lolo sah plötzlich mit einem sonderbaren Blick zu ihm auf.

»Wenn Sie nur nicht eine große Enttäuschung erleben!« entfuhr es ihren Lippen.

Er sah sie fragend an.

»Ist sie sehr häßlich?«

Sie strich sich hastig das Haar zurück. Es wurde ihr plötzlich sehr heiß. Aber das Amüsement besiegte doch wieder alle Bedenken.

»Ich weiß nicht – sie ist weder schön noch häßlich.«

»Blond?« fragte er und ließ seinen Blick fast mit Andacht auf ihrem Haar ruhen.

»Ja, blond – dieselbe Schattierung wie ich. Aber – ich finde Sie ganz außerordentlich wißbegierig, Herr Baron. Sie werden ja Prinzeß Lolo morgen selbst sehen.«

Prinz Joachim wurde rot und verlegen.

»Verzeihung, gnädiges Fräulein. Sie haben recht, mich zurechtzuweisen. Aber mir ist hier in diesem Park ganz seltsam zumute – als schritte ich in einem Zaubergarten an der Seite einer gütigen Fee, die mir allerlei törichte Fragen mit nimmermüder Geduld beantwortet.«

Prinzeß Lolo lachte und freute sich über das Kompliment.

»So muß ich mich wohl weiter als gütige Fee benehmen und Ihnen verzeihen.«

»Ihre Güte rührt und beschämt mich«, erwiderte er mit Wärme. Aber er stellte nun doch vorläufig seine Fragen ein und griff ein anderes Thema auf.

»So wundervolle Buchen wie in diesem Park gibt es wohl kaum an einem anderen Platz der Welt«, sagte er, auf eine Gruppe herrlicher Bäume zeigend.

»Ich kenne noch schönere. Im Fürstentum

Schwarzenfels liegt die Grafschaft Falkenhausen, und der Falkenhausener Park hat noch schönere Buchen als diese hier.«

Er blickte interessiert auf.

»Sie kennen Falkenhausen?«

»Ja, ich war vor Jahren einmal dort zu Besuch und habe nie den herrlichen Park vergessen.«

Prinz Joachims Gesicht rötete sich vor Überraschung.

»Wie seltsam! Auch ich kenne den Falkenhausener Park sehr gut und war oft dort zu Gast.«

Sie sah ihn mit leuchtenden Augen an.

»Ach – dann haben Sie sicher auch Georg Falkenhausen gekannt?«

»Ja – er war mein Freund.«

Ihr Gesichtchen wurde ernst.

»Er ist so früh gestorben.«

Auch sein Gesicht beschattete sich.

»Leider viel zu früh.«

Sie atmete erregt.

»Wie seltsam, daß wir ihn beide kannten. Ich war ja noch ein Kind, als ich damals in Falkenhausen war – einige unvergeßlich schöne Wochen hab' ich dort verlebt, und Sie waren Georg Falkenhausens Freund? Er war ein so guter, herrlicher Mensch! Als ich von seinem jähen Tod erfuhr, hab' ich die ganze Nacht geweint. Und sein armer Vater! Man sagt, er sei ein Menschenfeind geworden seit dem Tod seines Sohnes.«

»Nur ein Einsiedler, gnädiges Fräulein. Und jetzt – er soll jetzt sehr krank sein. Man befürchtet das Schlimmste.«

Sie sah versonnen vor sich hin.

»Ich hab' ihn einst so liebgehabt, den prächtigen alten Herrn. Er war so gütig zu mir.«

Das sagte sie mehr zu sich selbst.

»Sie haben Graf Falkenhausen nahegestanden?« forschte er überrascht.

Sie schrak auf und sah verträumt in sein Gesicht.

»Er war ein treuer, ergebener Freund meiner verstorbenen Mutter«, sagte sie leise.

Wieder stutzte er. Wie sonderbar, auch mit der Mutter der Prinzessin Lolo war Graf Falkenhausen innig befreundet gewesen.

Aber ehe er zur Klarheit über seine eigenen Gedanken kommen konnte, sagte Prinzeß Lolo hastig:

»Jetzt muß ich Sie aber verlassen. Dieser Weg führt direkt zur Ausgangspforte des Parkes. Sie können nicht mehr fehlgehen.«

Prinz Joachim vergaß vorläufig alles andere über dem Gedanken, daß seine liebenswürdige Führerin ihn verlassen wollte.

»Ich danke Ihnen tausendmal für Ihre große Güte, mein verehrtes gnädiges Fräulein. Hoffentlich habe ich morgen das Vergnügen, Sie in Gegenwart der Prinzessinnen zu sehen.«

Sie lächelte ein wenig unsicher.

»Es kann sein. Aber bitte, Herr Baron – wir dürfen uns nicht kennen. Prinzeß Renate ist so streng und würde zürnen, daß ich mit Ihnen gesprochen habe.«

Er verbeugte sich tief und führte ihre Hand an die Lippen.

»Ich werde Ihnen ganz sicher keine Ungelegenheiten bereiten. Übrigens kenne ich Sie ja leider wirklich noch nicht. Meine gute Fee blieb mir namenlos.«

Sie lachte leise.

»Es ist besser, sie bleibt es auch – bis morgen. Adieu, Herr Baron! Und wenn Sie morgen Prinzeß Lolo zu Gesicht bekommen, dann seien Sie nicht allzu sehr enttäuscht.«

Sie neigte lächelnd das Haupt und ging schnell davon, nach dem Schlößchen hinüber.

Prinz Joachim blieb stehen und schaute ihr nach. Er weidete seine Augen an dem elastischen, graziösen Gang der jungen Dame. Wie stolz und anmutig zugleich das blonde Köpfchen auf den zartgerundeten Schultern saß.

»Ein entzückendes Geschöpf – mir scheint, es wird mir schwer werden, mich in Prinzeß Lolo zu verlieben, wenn diese reizende Hofdame in ihrer Nähe weilt«, dachte er.

Und dann fiel ihm wieder ein, was sie von Graf Falkenhausen und ihrer Mutter gesagt hatte. Das war doch sehr seltsam.

Während er noch darüber grübelte, trat der Parkwächter Bielke aus einem Seitenwege. Er grüßte den fremden Herrn höflich. Prinz Joachim erwiderte den Gruß freundlich und hielt den Alten an.

»Können Sie mir sagen, wer die junge Dame ist, die dort auf das Schloß zugeht?«

Bielke hielt die Hand schützend über die Augen und sah hinter Prinzeß Lolo her. Ein vergnügtes Schmunzeln verklärte sein Gesicht.

»Jawohl, gnädiger Herr, das ist unser Prinzeßchen Durchlaucht.«

Der Prinz stieß einen unterdrückten Laut aus.

»Prinzeß Lolo?«

Bielke nickte strahlend.

»Freilich, gnädiger Herr, Prinzeßchen Lolo.«

Prinz Joachim rüttelte ihn erregt an der Schulter.

»Mann – wissen Sie das genau?«

Bielke sah fast beleidigt aus.

»Ich werde doch unser Prinzeßchen kennen!«

Der Prinz tat einen tiefen Schnaufer und drückte Bielke erregt ein Geldstück in die Hand.

»Ich danke Ihnen«, sagte er hastig und starrte dem Prinzeßchen ganz fassungslos nach.

Bielke starrte ebenso fassungslos auf das Goldstück in seiner Hand herab.

»Ach – da haben sich der gnädige Herr wohl geirrt?«

»Nein, nein, lassen Sie nur«, rief der Prinz zerstreut und ließ seine Augen nicht von der schlanken Mädchengestalt.

»Dann dank' ich auch tausendmal, gnädiger Herr! Donnerchen nochmal, das hätte ich mir nicht träumen lassen, daß ich heute so reich beschenkt würde«, sagte Bielke und ging grüßend davon.

Der Prinz holte tief Atem und rückte an seinem Hut, als sei ihm zu heiß geworden.

»So ein Schelm – so ein reizender Schelm! Also das war Prinzeß Lolo! Wie sie mich düpiert hat! Ah – ich glaube, es soll mir nicht schwerfallen, mich in dieses ganz entzückende Prinzeßchen zu verlieben.«

Er lehnte sich an einen Baum und sah nach dem Schlößchen hinüber.

»So ein Glück kann nur ein Sonntagskind haben!« sagte er halblaut vor sich hin.

V

In Gedanken versunken, ging er in sein Hotel zurück. Alles, was er mit der Prinzessin gesprochen hatte, bekam nun eine andere Bedeutung – auch das über Falkenhausen. Wie sie jetzt wohl über ihn lachen würde! Nun, jedenfalls war sie ein lustiges, reizendes Geschöpf und gefiel ihm sehr. Das würde eine Frau nach seinem und Tante Sibylles Geschmack. Gott sei Dank, das war keine langweilige, steife und prätentiöse Dame, wie er so viele bei Hofe kennen und fürchten gelernt hatte. Das war ein warmblütiges, lebensfrisches Menschenkind voll ursprünglicher Natürlichkeit. Und wie freundlich sie bei aller mädchenhafter Zurückhaltung gegen ihn, den angeblichen Baron Schlegell gewesen war. Und was für wundervolles Haar sie besaß, wie lieblich und schön sie war, trotz der schlichten, fast ärmlichen Kleidung. Wie mußte ihre Persönlichkeit erst entzücken und bezaubern, wenn sie den passenden, glänzenden Rahmen erhielt. Wirklich – wenn sie seine Frau wurde, konnte er sich glücklich preisen.

Arm mußte sie sein, sehr arm. Aber sie trug diese Armut mit Würde und heiterem Mut. So einfach und ruhig hatte sie gesagt: »Einen eigentlichen Hofstaat gibt es nicht im Prinzessinnenschlößchen, dazu sind die beiden Prinzessinnen viel zu arm.« Und dann: »Was soll die arme Prinzeß Lolo machen? Sie hat keine andere Dienerin als mich und kann sich nicht den Luxus gestatten, mich faulenzen zu lassen.« Also ihre Mittel reichten nicht einmal aus, daß sie sich eine Dienerin halten konnte für ihre eigene Person. Das drückte sie aber nicht nieder, sondern schien sie noch zu amüsieren. Wenn sie ahnte, daß ihr eine so glänzende Erbschaft in Aussicht stand!

Vor ihrer Schwester schien sie einen heillosen Respekt zu haben. Deshalb hatte sie ihn gebeten, sie morgen nicht zu kennen. Diese Prinzeß Renate war gewiß in allem das Gegenteil ihrer selbst.

Jedenfalls war es ein Beweis großer Harmlosigkeit, daß ihn Prinzeß Lolo aufgefordert hatte, der Schwester nichts zu verraten. Das schaffte ein kleines Geheimnis zwischen ihnen. Solch kleine Geheimnisse begünstigen die Vertraulichkeit. Das hatte sie in ihrer Unerfahrenheit sicher nicht bedacht. Aber er wollte es sich zunutze machen, um ihr dadurch schnell näherzukommen. Denn er war nun fest entschlossen, sich diese liebliche kleine Prinzessin zu erringen. Es hätte kaum noch des Testamentes bedurft, um ihn zu diesem Entschluß zu bewegen. Noch nie hatte ein weibliches Wesen schon beim ersten Sehen einen so tiefen Eindruck auf ihn gemacht wie Prinzeß Lolo.

Im Hotel angelangt, ließ er sich in dem kleinen freundlichen Speisesaal ein Diner servieren. Er saß allein an einem Tisch am Fenster, das mit einer dichten Tüllgardine verhängt war. Um diese Zeit war kein anderer Gast anwesend. Der behäbige Wirt dienerte heran und hielt es für seine Pflicht, seinen vornehmen Gast zu unterhalten. Hätte er geahnt, daß dieser ein Prinz war, so wäre er sicher im Frack und mit Handschuhen angetreten. So begnügte er sich mit seinem Sonntagsrock und einer herrlichen weißen Weste, auf der eine dicke goldene Uhrkette baumelte.

Zunächst erkundigte er sich, ob der Herr Baron

mit seinen Zimmern und mit dem Essen zufrieden und ob noch irgend etwas zu seiner Bequemlichkeit nötig sei.

Prinz Joachim dankte freundlich, er sei zufrieden und bedürfe nichts mehr.

Nun kramte der Wirt einige Weißenburger Neuigkeiten aus. Das große Sommerfest wurde noch einmal von allen Seiten beleuchtet und der Hoffnung Ausdruck gegeben, daß der Herr Baron sich daran beteiligen würde, wenn er bis dahin noch in Weißenburg bleibe.

Der Prinz bemerkte, daß er wohl so lange zu bleiben gedenke – worüber der Wirt hocherfreut schien –, daß er aber nicht wisse, ob er hingehen würde.

Darauf betonte der Wirt, daß Prinzeß Renate sich am Fest beteilige.

»Wird auch Prinzeß Lokandia teilnehmen?« fragte der Prinz, froh, daß die Rede auf die Prinzessinnen kam, denn er wollte gern hören, welches Urteil man über die beiden Damen hatte.

»O nein, Herr Baron. Prinzeß Lolo, wie sie allgemein genannt wird, darf niemals ein Fest besuchen.«

»Darf nicht? Wer verwehrt es ihr?«

»Ihre Schwester, Prinzeß Renate.«

»Aber aus welchem Grund?«

»Nun – angeblich, weil Prinzeß Lolo noch zu jung ist. Lieber Gott – mit neunzehn Jahren, da ist doch jedes Bürgermädchen erwachsen, wie viel mehr eine Prinzessin. Aber man weiß es besser: die große Jugend der Prinzessin ist nicht der richtige Grund. Es ist ja hier offenes Geheimnis, daß Prinzeß Renate ihre Stiefschwester wie ein Aschenbrödel hält. Die Prinzessinnen haben nur ein schmales Einkommen, und das verbraucht Prinzeß Renate fast allein für sich. Prinzeß Lolo muß sogar die abgelegten Kleider ihrer Schwester tragen.«

In Prinz Joachims Herzen wallte heißes Mitleid mit der armen kleinen Prinzessin auf.

»Das ist doch wohl ein wenig übertrieben, Herr Wirt. Es wird meist mehr geschwatzt als wahr ist«, sagte er unsicher.

Der Wirt schüttelte energisch den Kopf, und sich vorbeugend, flüsterte er, obwohl kein Mensch weiter zugegen war:

»Prinzeß Lolo bekommt nicht einmal satt zu essen.«

Der Prinz richtete sich hastig auf und sein Gesicht rötete sich ärgerlich. Das konnte doch nur böswilliger Klatsch sein.

»Da sind Sie sicher falsch unterrichtet, Herr Wirt. Ich sah vorhin im Park Prinzeß Lolo. Und ich kann Ihnen versichern, daß sie sehr wohl und munter aussieht, gar nicht, als fehle es ihr an Nahrung.«

Der Wirt beugte sich noch etwas tiefer herab, und seine Äuglein blinzelten vielsagend.

»Das hat seinen Haken, Herr Baron. Im Vertrauen. – Sie werden ja keinen Gebrauch davon machen: die Schwester unseres Portiers, Frau Bangemann, ist Köchin im Prinzessinnenschlößchen, und da wissen wir hier allerlei, was andere Leute nicht erfahren. Sehen Sie, da ist noch ein Fräulein von Birkhuhn im Schlößchen, die ist Hofdame und Gesellschafterin der Prinzessin Renate und zugleich Prinzeß Lolos Erzieherin. Diese und die Frau Bangemann haben sich des armen kleinen Prinzeßchens erbarmt, als sie sahen, daß Prinzeß Renate immer nur alles für sich in Anspruch nahm und ihre Schwester hungern ließ. Sie sorgen nun schon seit Jahren heimlich dafür, daß Prinzeß Lolo genug zu essen bekommt und hegen und pflegen das Prinzeßchen, daß es nur so aufblüht. Ja, das ist eine seltsame Geschichte, Herr Baron.«

Prinz Joachim hatte einen ganz roten Kopf bekommen. Was er da hörte, wurde mit solcher Bestimmtheit vorgebracht, daß er es nicht nur für Klatsch halten konnte. Es widerstrebte ihm innerlich, das alles anzuhören, aber zugleich sagte er sich, daß er sich auf diese Weise am besten orientieren könne. Schließlich fand er doch später Gelegenheit, Wahrheit und Übertreibung abzuschätzen. So sagte er ruhig:

»Das scheinen sehr wenig erbauliche Verhältnisse zu sein. Prinzeß Lolo ist wohl sehr beliebt bei den Leuten?«

Der Wirt nickte eifrig.

»Das will ich meinen, Herr Baron. Sie ist aber auch ein zu liebes, freundliches Dingelchen. Keine Spur stolz und hochmütig. Dafür trägt ihre Prinzessin Schwester den Kopf um so höher, und unsereiner ist nur Staub zu ihren Füßen. Ihr Hochmut ist geradezu sündhaft. Sie soll ihre Schwester direkt hassen, weil diese nicht eine geborene Fürstin, sondern nur ein einfaches Fräulein ›von‹ zur Mutter gehabt hat. Sie gönnt dem armen kleinen Prinzeßchen kein gutes Wort. Immer nur schelten und zanken. Wenn das Fräulein von Birkhuhn nicht wäre, die heimlich Prinzeß Lolo tröstet – denn auch das darf Prinzeß Renate nicht wissen –, dann könnte einem das arme Ding noch viel mehr leid tun. Jedes arme Bürgermädchen hat einen Menschen, der lieb und gut zu ihm ist.

Aber die arme, kleine Prinzeß ist viel schlechter dran, viel schlechter. Und es ist zu bewundern, daß sie alles so mutig erträgt.«

Prinz Joachim war ganz eigen zumute. »Armes Prinzeßchen, armes, kleines Prinzeßchen«, mußte er immerfort denken. Und eine Unruhe saß ihm im Herzen, als ob er zu ihr gehen und sie trösten und schützen müsse.

Hastig schob er den Teller zurück.

»Es wird doch alles übertrieben sein«, sagte er, wie um sich selbst zu beschwichtigen.

Der Wirt zog die Achseln hoch.

»Leider nicht, Herr Baron, im Gegenteil. Aber man will doch nicht alles ausplaudern. Ich könnte Ihnen noch viel mehr erzählen.«

Doch Prinz Joachim mochte nun nichts mehr hören. Er wußte genug, um orientiert zu sein und sich selbst ein Urteil bilden zu können.

»Es ist ganz recht, Herr Wirt, daß Sie nicht alles ausplaudern. Man muß da sehr vorsichtig sein«, sagte er lächelnd. »Und unter uns – ich muß morgen den Prinzessinnen einen Besuch machen und werde vielleicht noch öfter mit ihnen in Berührung kommen. Vielleicht kann ich mich selbst von der Wahrheit Ihrer Worte überzeugen.«

Der Wirt stand da, wie zur Salzsäule erstarrt.

»Um Gottes willen, Herr Baron, Sie werden doch keinen Gebrauch davon machen? Ich bitte Sie tausendmal, es nicht zu tun.«

Prinz Joachim erhob sich.

»Sie können sich beruhigen, ich verrate Sie nicht.«

Der Wirt zuckte die Achseln.

»Ach – um mich ist es mir nicht zu tun. Nur daß

dem Prinzeßchen nichts geschieht. Prinzeß Renate darf um keinen Preis erfahren, daß Fräulein von Birkhuhn und die Frau Bangemann gut zum Prinzeßchen sind.«

Der Prinz lächelte beruhigend.

»Keine Angst, Herr Wirt. Ich werde ganz sicher nichts tun und reden, was Prinzeß Lolo schaden könnte. Mein Wort darauf.«

Der Wirt atmete auf.

»Gott sei Dank! Ich alte Plaudertasche will mir das aber zur Lehre dienen lassen. Man soll vorsichtiger sein.«

»Das soll man allerdings. Diesmal ist es ja noch gut abgelaufen«, tröstete der Prinz gutmütig den Wirt, der sich innerlich vornahm, nie mehr ein Wort über die Verhältnisse im Prinzessinnenschlößchen verlauten zu lassen.

Ob er es gehalten hat, verschweigt die Chronik.

Im Laufe des Nachmittags schickte Prinz Joachim seinen Burschen hinauf in das Schlößchen mit dem Empfehlungsschreiben des Herzogs an die Prinzessinnen und ließ anfragen, wann er sich erlauben dürfe, seine Aufwartung zu machen.

Der Bursche brachte den Bescheid, daß Baron Schlegell am nächsten Tage zwischen zwölf und ein Uhr erwartet würde.

Mit Ungeduld sah er dem nächsten Tag entgegen. Um sich die Zeit zu kürzen, schrieb er einige Zeilen an Prinzessin Sibylle:

»Liebste, teuerste Tante Sibylle!

Schon habe ich mein ›Schicksal‹ gesehen. Ich habe ›Sie‹ sogar gesprochen, ohne daß wir beide eine Ahnung hatten, wer wir waren. Zu Deiner Beruhigung vorläufig nur so viel: Sie ist reizend, entzückend und kann sehr übermütig und fröhlich sein. Ich glaube, sie wird sich nicht weigern, das Fürstentümle mit auf den Kopf zu stellen, wenn wir sie erst in Schwarzenfels haben. Es wird mir nicht schwerfallen, den Wunsch Seiner Hoheit zu erfüllen. Jedenfalls bin ich drauf und dran, mein Herz an die reizendste Prinzessin zu verlieren, die ich je gesehen habe – Dich natürlich ausgeschlossen. Es ist doch gut, wenn man ein Sonntagskind ist.

Ich küsse Dir in Liebe und Verehrung Deine schönen Hände, geliebtes Tantchen, und bin wie immer

Dein getreuer Joachim,
Prinz vom Fürstentümle.«

VI

Pünktlich um zwölf Uhr passierte Prinz Joachim im tadellosen Besuchsanzug die ihm nun schon bekannte Eingangspforte des Parkes. Mit raschen Schritten ging er auf das Schlößchen zu. Sein scharfer Blick entdeckte, daß sich an einem der Fenster die Gardine ein wenig bewegte. Ob dahinter wohl das übermütige Prinzeßchen steckte und ihm mit ihren lustigen Augen entgegenblickte? Unwillkürlich reckte er sich in den Schultern, und es war ihm ein angenehmer Gedanke, daß ihm sein Spiegel versichert hatte, daß er sehr gut aussah.

Kaum hatte er an der Tür des Schlößchens die Glocke gezogen, als ihm auch schon aufgetan wurde. Zur beiderseitigen Überraschung standen sich Bielke und Prinz Joachim gegenüber. Sie erkannten einander sofort, obgleich Prinz Joachim viel feierlicher gekleidet war und Bielke statt seines Arbeitsanzuges die herzogliche Uniform oder besser gesagt Livree trug und sich sehr würdevoll darin bewegte.

Prinz Joachim begrüßte ihn mit einem »gewichtigen Händedruck«. Bielke schämte sich ein wenig, daß er schon wieder auf so leichte Art Geld verdiente, und nahm mit doppelter Bereitwilligkeit Hut und Überzieher des Prinzen in Empfang. Dann geleitete er ihn mit großer Grandezza zu einer Tür, die er mit einer tiefen Verbeugung weit aufriß.

Prinz Joachim stand nun in dem mit leidlicher Eleganz und Behaglichkeit eingerichteten Salon, den Prinzeß Renate in der Regel für sich allein in Anspruch nahm.

Heute saß Fräulein von Birkhuhn in ihrem berühmten und berüchtigten »Schwarzseidenen« in diesem Salon, wie immer, wenn Besuch erwartet wurde. Prinzeß Renate liebte es, ihre Besucher immer erst ein wenig warten zu lassen. Da mußte dann Fräulein von Birkhuhn erst ein Weilchen Konversation machen.

Sonst unterzog sich die alte Dame dieser Pflicht mit großem Gleichmut. Aber heute war ihr nicht gerade wohl dabei zumute. Prinzeß Lolo hatte ihr die Begegnung mit »Baron Schlegell« gebeichtet, und nun war das arme Birkhühnchen in tausend Ängsten, daß der Baron sich verraten könne, wenn er erfuhr, mit wem er gestern gesprochen hatte.

Was würde dann für ein Strafgericht über ihr Prinzeßchen hereinbrechen. Am liebsten hätte sie den hübschen jungen Mann inständig angefleht, doch um

Gotteswillen nichts zu verraten, aber das ging natürlich nicht an. So begrüßte sie ihn ein wenig unsicher und befangen und bat ihn, Platz zu nehmen, Ihre Durchlaucht werde sofort erscheinen.

Der Prinz verneigte sich artig und sah mit einem warmen Blick in die ängstlichen Augen des alten Fräuleins. Das war also die heimliche Wohltäterin des armen Prinzeßchens! Er fühlte sofort Sympathie für die alte Dame. Ihr kleines, versorgtes und verkümmertes Gesicht erzählte ihm eine ganze Geschichte.

So saßen sie nun einander gegenüber und wechselten einige förmliche Worte, während sie einander viel Wichtigeres zu sagen gehabt hätten.

Es fiel Prinz Joachim auf, daß das »Schwarzseidene« schon einigermaßen brüchig geworden war. Anscheinend bezog Fräulein von Birkhuhn durchaus kein fürstliches Gehalt. Um so mehr war er überrascht, als Prinzeß Renate hereinrauschte. Sie trug ein sehr elegantes und modernes Kleid, das sie in einer langen pompösen Schleppe hinter sich herzog. Dieser Anzug verriet in keiner Weise die Armut der Prinzessinnen und stach jedenfalls gewaltig ab gegen den mehr als schlichten Anzug, den gestern ihre Schwester getragen hatte. In königlicher Haltung nahm Prinzeß Renate seinen Gruß entgegen und quittierte mit herablassender kühler Höflichkeit. Aber in ihren Augen spiegelte sich doch etwas wie Wohlgefallen an der eleganten schlanken Erscheinung des Gastes. Hätte sie gewußt, daß sich hinter diesem Baron Schlegell ein Prinz verbarg, wäre ihre Begrüßung wohl weniger herablassend ausgefallen.

»Herzog Albert teilt mir mit, daß Sie im Park zu

skizzieren wünschen. Sie sind Maler, Herr Baron?« sagte sie, als sie dann dem jungen Mann steif gegenübersaß.

Prinz Joachim hatte aber bei sich konstatiert, daß ihn selten ein Frauengesicht beim ersten Anblick so abgestoßen hatte, wie das dieser Prinzessin Renate. Obwohl es schön geschnitten war, machte es einen unangenehmen Eindruck. Hauptsächlich die kalten, halbgeschlossenen Augen und der verkniffene Zug um den Mund mißfielen ihm gründlich.

»Eure Durchlaucht verzeihen – Maler bin ich sozusagen nur zu meinem Vergnügen, in meinen Mußestunden. Ich bin Offizier und möchte meinen Urlaub benutzen, um die mir sehr gerühmten malerischen Stellen des Parkes zu skizzieren. Wenn Eure Durchlaucht mir gütigst gestatten, werde ich mich möglichst viel im Park aufhalten, um recht viele Eindrücke sammeln zu können.«

»Da Sie vom Herzog bereits die Erlaubnis erhielten, bedarf es der meinen nicht. Sie können ungehindert aus- und eingehen, Herr Baron.«

»Durchlaucht sind sehr gnädig«, antwortete der Prinz, dachte aber dabei das Gegenteil. Wie verschieden die beiden Schwestern waren! Arme kleine Prinzeß Lolo! Wie mußte sie frieren mit ihrem warmen jungen Herzen neben dieser kalten, hochmütigen Schwester.

»Ich hoffe, Durchlaucht in keiner Weise zu stören«, setzte er hinzu.

Der Herzog hatte in seinem Empfehlungsschreiben Prinzeß Renate gebeten, Baron Schlegell freundlich aufzunehmen und ihn in jeder Beziehung entgegenkommend zu behandeln, da er ihm von seinem

Freund, dem Fürsten Egon von Schwarzenfels, warm empfohlen worden sei. So fühlte sich Prinzeß Renate bewogen, das Gespräch noch nicht abzubrechen.

»Sie stören uns keineswegs. Der Park ist groß genug. Sie kommen von Schwarzenfels, nicht wahr, Herr Baron?«

»Sehr wohl, Durchlaucht.«

»Verkehren Sie am Hof zu Schwarzenfels?«

»Zuweilen, Durchlaucht.«

»Ich habe gehört, daß man dort sehr originelle und glänzende Feste feiert. Man sprach am Hof des Herzogs viel von Prinzeß Sibylle, die mit Vorliebe solche Feste arrangiert.«

»Eure Durchlaucht haben recht gehört. Prinzeß Sibylle ist Meisterin im Arrangement origineller Feste und zugleich die Seele derselben.«

»Aber sehr verschwenderisch veranlagt, nicht wahr?«

Des Prinzen Stirn rötete sich.

»Verschwenderisch ist Prinzeß Sibylle nur mit Geist und Gemüt. Ihre Feste sind keine kostspieligen Veranstaltungen, aber sie belebt sie mit ihrer bezaubernden Liebenswürdigkeit und Geistesfrische. Eure Durchlaucht müßten diese seltene Frau kennen, um sie verstehen und würdigen zu können.«

Prinzeß Renate maß ihn einigermaßen pikiert. Seine Worte klangen fast wie eine Zurechtweisung.

»Sie sind ja ein begeisterter Fürsprecher der hohen Frau«, sagte sie mokant. »Haben Sie viel Gelegenheit, in nähere Berührung mit ihr zu kommen?«

Prinz Joachim biß sich auf die Lippen. Dann sagte er ruhig:

»Prinzeß Sibylle ist in Schwarzenfels sehr bekannt und beliebt. Man ist allgemein von ihr begeistert.«

Prinzeß Renate lächelte. Dies Lächeln war sehr anmaßend und unangenehm. Es trieb Prinz Joachim das Blut in die Stirn. Aber da fiel sein Blick auf das ängstliche und betretene Gesicht des Fräuleins von Birkhuhn. Gleich mußte er, einer sonderbaren Ideenverbindung zufolge, an Prinzeß Lolo denken und sein Groll war verflogen. Was kümmerte ihn diese unangenehme, kaltsinnige Prinzeß Renate! Mit ihr war er fertig.

Die Prinzessin hatte sich inzwischen auf den Wunsch des Herzogs besonnen, Baron Schlegell freundlich aufzunehmen. Sie lenkte ein und bequemte sich zu einigen liebenswürdig sein sollenden Worten. Prinz Joachim wartete inzwischen ungeduldig auf Prinzeß Lolos Erscheinen.

Als ihn Prinzeß Renate aufforderte, am nächsten Tag den Tee bei ihr einzunehmen, sagte er hastig zu in der Hoffnung, Prinzeß Lolo dabei zu sehen. Unruhig lauschte er, ob sie noch nicht eintrat. Schon schien es ihm, als wolle ihn Prinzeß Renate verabschieden. Da faßte er einen kurzen Entschluß.

»Eure Durchlaucht gestatten gütigst, daß ich auch Ihrer Durchlaucht Prinzeß Lokandia meine Aufwartung mache. Herzog Albert war so gütig, mich auch Ihrer Durchlaucht zu empfehlen.«

Birkhühnchen zuckte nervös zusammen. Ihre Angst steigerte sich ins Unbegrenzte. Und Prinzeß Renate kniff die Lippen zusammen. Sie liebte es gar nicht, ihre Schwester im ihrem Salon zu sehen, wenn Besuch zugegen war. Indes konnte sie sich im Augenblick nicht auf eine Ausrede besinnen. Sie war überrumpelt worden und wandte sich an Fräulein von Birkhuhn.

»Bitte, lassen Sie Ihre Durchlaucht rufen«, sagte sie steif.

Fräulein von Birkhuhn erhob sich mit zitternden Knien und klingelte. Leise gab sie dem eintretenden Bielke Befehl, Prinzeß Lolo herüberzubitten.

Als diese wenige Minuten später eintrat, stand Birkhühnchen zitternd hinter Prinzeß Renate und heftete ihre Augen wie beschwörend auf das Gesicht des Prinzen. Dieser bemerkte es indes gar nicht. Seine Augen hingen an dem lieblich errötenden Gesicht Prinzeß Lolos. Sie trug ein schlichtes weißes Waschkleidchen, sah aber trotzdem viel schöner und holdseliger aus, als ihre elegant gekleidete Schwester. Aus ihren Augen zuckte einen Moment ein halb schelmischer, halb bittender Blick in die seinen.

Kein Zug in seinem Gesicht verriet, was in ihm vorging. Ganz fremd und korrekt verneigte er sich vor ihr.

Birkhühnchen atmete wie erlöst auf, als der kritische Moment vorüber war. Auch Prinzeß Lolo war froh, daß es so gut ablief. Sie hatte große Angst ausgestanden, weil Fräulein von Birkhuhn sie damit angesteckt hatte. Nun zuckte es schon wieder mutwillig um ihren Mund, während sie mit gesenkten Augen vor dem Baron stand und einige Worte mit ihm wechselte.

Sie amüsierte sich heimlich ganz königlich. Wie famos er sich zu beherrschen verstand. Es war wirklich, als erkenne er sie nicht wieder. Verstohlen blickte sie noch einmal in sein Gesicht und sah, wie es einen Moment in seinen Augen aufblitzte. Ein prickelndes Gefühl durchrann ihre Adern. Das war doch einmal ein Erlebnis, ein amüsantes kleines Abenteuer. Birkhühnchen konnte ganz ruhig sein, er verriet sich nicht.

Ruhig war Fräulein von Birkhuhn nun zwar noch immer nicht, aber die schreckliche Angst um ihren lieben, unbesonnenen Wildfang hatte sich doch gelegt. Und nun fand sie erst Ruhe, sich den »Baron« einmal gründlich anzusehen. Er war ein gar hübscher, stattlicher Herr. Und seine Augen blickten heiter und gutmütig. Sie konnte es ihrem Prinzeßchen nicht einmal verdenken, daß sie sich gern ein wenig mit ihm unterhalten hatte. Lieber Gott! Das arme Kind wurde ja von allem zurückgehalten, was ihrer Jugend zukam. Jedes kleine Bürgermädchen hatte mehr Vergnügen und Zerstreuung als sie. Nie kam sie mit jungen Leuten zusammen. Nein, Birkhühnchen hatte nicht das Herz, ihrem Prinzeßchen zu zürnen. Außerdem gefiel ihr dieser Baron Schlegell außerordentlich. Ihr gutes Herz fühlte sich zu ihm hingezogen, weil er ihrem Prinzeßchen eine frohe Stunde geschenkt hatte. Prinzeß Renate merkte nichts von den heimlichen Beziehungen der andern. Sie nahm kaum Notiz von ihrer Schwester, und dieser Baron Schlegell war ihr zu unwichtig, um ihm großes Interesse zuzuwenden. Es war ihr einigermaßen unbequem, daß man ihn, des Herzogs wegen, einige Male würde zum Tee bitten müssen. Am meisten ärgerte sie sich darüber, daß sie wohl oder übel bei diesen Gelegenheiten auch ihre Schwester hinzuziehen mußte. Aber sie mußte vorsichtig sein. Man brauchte am Hof des Herzogs nicht zu erfahren, daß sie ihre Schwester zurücksetzte.

Als sich Prinz Joachim wenige Minuten später verabschiedete, wiederholte sie ihre Einladung zum Tee für den nächsten Tag. Während er zusagte, traf sein Blick noch einmal mit dem Prinzeß Lolos zusammen. Dann verließ er das Zimmer.

Prinzeß Renate schickte ihre Schwester mürrisch in ihr Zimmer zurück und entließ zugleich Fräulein von Berghuhn, die sich sehnte, ihr »Schwarzseidenes« gegen ihr bequemes Wollkleid einzutauschen.

Bielke hielt den beiden Damen, als sie in den Hausflur traten, mit triumphierender Miene ein blitzendes Geldstück entgegen.

»Das hat mir der Herr Baron gegeben – und gestern hat er mir gar ein Goldstück geschenkt. Ein vornehmer Herr«, sagte er halblaut, um drinnen von Prinzeß Renate nicht gehört zu werden.

Prinzeßchen und das Berghühnchen sahen sich lächelnd an, und dann sagte die junge Dame hastig:

»Haben Sie denn den Herrn Baron schon gestern gesehen, Bielke?«

»Ei, freilich, freilich. Er stand im Park und sah immerfort hinter Prinzeßchen her. Und da hat er mich gefragt, wer die junge Dame wäre, die eben ins Schlößchen ging.«

Prinzeß Lolo lachte lustig in sich hinein.

»Und Sie haben es ihm gesagt, Bielke?«

»Freilich, Prinzeßchen, warum sollte ich wohl nicht? Zuerst wollte er es gar nicht glauben und fragte mich, ob ich das auch genau wüßte. Na – und dann hat er mir einen Goldfuchs geschenkt, und heute habe ich wieder so ein schönes Geldstück von ihm bekommen. Das ist ein sehr nobler Herr, ein sehr nobler Herr.«

Prinzeß Lolo nickte ihm lachend zu und zog hastig Fräulein von Birkhuhn hinter sich her. In deren Zimmer angekommen, warf sie sich in einen Stuhl und lachte sich erst einmal herzlich satt. Dann sprang sie auf und drehte die alte Dame im Kreise herum.

»Armes Birkhühnchen, da hast du nun umsonst so viel Angst ausgestanden! Komm ich will dir dein Kleid aufmachen. Du kriegst ja keine Luft. Die Angst um deinen Wildfang und das enge Kleid, das ist zu viel auf einmal.«

Fräulein von Birkhuhn seufzte erleichtert auf, als der enge Halskragen gelockert war.

»Gottlob, daß es so gut abgelaufen ist, Kind. Wenn ihm Bielke nicht verraten hätte, wer du bist, dann hätte es schlimm werden können.«

»Ach bewahre, Birkhühnchen. Baron Schlegell kennt sicher das dreizehnte Gebot: ›Laß dich nicht verblüffen.‹ Aber schade ist es doch, daß ich sein Gesicht nicht gesehen habe, als er von Bielke erfuhr, mit wem er im Park spazieren gegangen ist. Nun sag, ist das nicht ein amüsantes Erlebnis? Ich bin doch gespannt, wie er sich mir gegenüber aus der Affäre zieht, wenn ich wieder mit ihm zusammentreffe.«

»Du wirst ihn doch nur in der Gegenwart Ihrer Durchlaucht sehen.«

»Hoffentlich nicht. Er will ja viel im Park skizzieren. Da werde ich manchmal ein Weilchen mit ihm plaudern können.«

»Aber Kindchen, das geht ja nicht, es schickt sich nicht.«

»Ach du – nun sei nicht so schrecklich pedantisch. Gönne mir mal ein kleines Vergnügen. Du kannst ja gern als *dame d'honneur* dabei sein.«

»Du weißt doch, daß ich jetzt wegen der Komiteesitzungen Durchlaucht immer begleiten muß. Da bist du oft allein.«

»Dann nehme ich Bielke als Anstandswauwau mit«, scherzte Prinzeßchen übermütig. »Im übrigen kannst du ganz ruhig sein, ich spreche natürlich nur mit ihm, wenn ich ihm zufällig begegne. Mein Gott, andere junge Damen dürfen doch auch mal ein paar Worte mit einem Herrn wechseln.«

»Du bist aber eine Prinzessin«, seufzte Fräulein von Berghuhn.

»Ach, ich wollte, ich wäre irgendein kleines Bürgermädchen. Was habe ich davon, daß ich eine Prinzessin bin? In unseren Verhältnissen ist es lächerlich, wenn wir uns so mit Prätentionen umgeben. Renate mag das tun, wenn es ihr Vergnügen macht – mir macht es keines. Sei doch gut, Birkhühnchen, laß mich ein einziges Mal so recht vergnügt sein. Ich will schon deiner Erziehung trotzdem Ehre machen, das kannst du mir glauben. Und ich erzähle dir jedes Wort wieder, was wir sprechen, Ehrenwort. So, nun steckst du wieder in deinem Wollkleid, nun bist du auch gemütlich.«

Birkhühnchen konnte den bittenden Augen ihres Lieblings nicht widerstehen. »Aber Durchlaucht, Kindchen!« sagte sie hilflos.

»Ach, Renate erfährt nichts davon. Ich will sehr vorsichtig sein, das verspreche ich dir.«

Was sollte Birkhühnchen tun? Sie konnte nur nachgeben und still bei sich in sorgender Liebe beschließen, ihrem Liebling das harmlose Vergnügen zu gönnen. So oft sie abkommen konnte, wollte sie natürlich ihr Amt als Ehrendame auch bei Prinzeßchen erfüllen. Im übrigen würde Baron Schlegell nicht sehr lange in Weißenburg bleiben. Und er schien ja wirklich ein sehr netter junger Mann zu sein.

Also gab Birkhühnchen nach, und Prinzeß Lolo erstickte sie fast mit ihren Küssen. Vor Übermut trieb sie tausend Possen. Sie freute sich sehr auf die nächste Begegnung mit Baron Schlegell.

VII

Am Nachmittag desselben Tages saß Prinzeß Lolo auf der Schlummerbank. Sie war wieder allein zu Hause und wollte den Schluß des Romans lesen, den sie gestern begonnen hatte. Obwohl es ein sehr spannender Roman war, blickte die junge Dame immer wieder von ihrem Buch auf und hob lauschend den Kopf.

Und endlich sah sie Baron Schlegell auf dem breiten Hauptweg daherkommen. Sein Bursche folgte ihm mit allerlei Malgerät.

Seine scharfen Augen hatten das Prinzeßchen bald entdeckt. Aber sie hielt nun den Kopf gesenkt und schien eifrig zu lesen.

Prinz Joachim gab seinem Burschen Befehl, das Gerät bis zur Parkwiese, die er ihm bezeichnete, zu tragen und dort auf ihn zu warten. Dann ging er schnell auf Prinzeß Lolo zu. Da er Prinzeß Renate und Fräulein von Birkhuhn am Hotel hatte vorübergehen sehen, wußte er, daß sie allein zu Hause war wie gestern.

Erst als er dicht vor ihr stand, blickte sie wie überrascht auf. Aber nur mit Mühe konnte sie ernsthaft bleiben, sein Gesicht hatte einen unbeschreiblichen Ausdruck.

»Gestatten Eure Durchlaucht, daß ich mich hier in der Nähe mit meinem Skizzenbuch niederlasse? Ich möchte diese Baumgruppe skizzieren, aber keinesfalls will ich Eure Durchlaucht stören oder lästig fallen.«

»Durchlaucht« machte ein sehr würdevolles Gesicht.

»Bitte sehr, Herr Baron. Der Park ist Ihnen in allen Teilen zugängig. Sollte ich gestört werden, kann ich mir einen anderen Platz zum Lesen aussuchen.«

Er erschrak sichtlich.

»Um Gotteswillen nicht. Durchlaucht sollen um keinen Preis vertrieben werden.«

Sie blickte in seine Augen. Die baten so beredt um ein Wort, das die Situation klärte. Und als sie ihn eine Weile angesehen hatte, sprühte der Übermut wieder aus ihren Augen. Herüber und hinüber blitzten mutwillige Strahlen – und plötzlich lachte Prinzeß Lolo so recht vergnügt und herzlich in den hellen Sommertag hinein.

Prinz Joachim atmete wie erlöst auf und lachte mit. Endlich faßte sich die junge Dame und sagte, ihn schelmisch ansehend:

»Waren Sie sehr enttäuscht von Prinzeß Lolo?«

Er blickte mit einem warmen Ausdruck in ihre lachenden Augen.

»Gottlob – nein. Ich finde Ihre Durchlaucht Prinzeß Lolo ganz entzückend und bewundernswert.«

Das war kühn. Prinzeßchen wurde sehr rot. Es war das erste Kompliment, das man ihr machte. Um ihre

Verwirrung zu verbergen, machte sie ein schmollendes Gesicht.

»Ach, Sie haben mir den ganzen Spaß verdorben. Ich hatte mich so auf Ihr erstauntes Gesicht gefreut. Mußten Sie unbedingt Bielke fragen, wer ich bin?«

Er legte die Hand beteuernd aufs Herz. »Ich mußte, Eure Durchlaucht. Es ging nicht anders. Ich hätte vor Wißbegier, wer meine gütige Begleiterin war, die ganze Nacht nicht schlafen können.«

»Sagen Sie nur ruhig Neugier. Das klingt weniger schön, ist aber entschieden zutreffender«, sagte sie neckend.

Er wurde mit einem Mal ganz ernsthaft, und in seinen Augen erschien wieder das warme Leuchten, das sie jedesmal so seltsam berührte.

»Nein, Durchlaucht. Eigentlich war es keins von beiden. Ich stand, als Sie mich verlassen hatten, mit tausend Fragen und Zweifeln und schaute Ihnen nach. Und da kam, wie von einer gütigen Vorsehung geschickt, der famose alte Bielke daher. War es nicht das klügste, was ich tun konnte, daß ich ihn fragte, wer die junge Dame sei, die eben im Schlößchen verschwinden wollte?«

Sie sah ihn erwartungsvoll an.

»Nun, und was dachten Sie da, als Sie es erfuhren?«

Er senkte seinen Blick tief in die fragenden, unschuldsvollen Mädchenaugen.

»Was ich dachte! Das kann ich Eurer Durchlaucht nicht sagen.«

Sie wandte sich schmollend ab.

»Dann war es sicher etwas Garstiges.«

»Durchlaucht!« rief er beschwörend.

Sie warf den Kopf in den Nacken.

»Ach, lassen Sie mich mit der dummen Durchlaucht zufrieden! Das ist ja doch nur wie ein Hohn auf unsre mehr als bescheidenen Verhältnisse. Meine Schwester hält zwar ängstlich daran fest, aber ich mag es nicht ausstehen. Es klingt so gräßlich und steif und förmlich. Kein Mensch darf mich so nennen, der mich nicht ärgern will.«

»Und wie muß man Prinzeß Lolo nennen, um sie nicht zu erzürnen?«

»Wir wollen es schlichtweg mit ›Prinzeß‹ bewenden lassen.«

»Aber – ich will Sie nun nicht länger von Ihrem Skizzenbuch zurückhalten«, sagte sie mit reizender Würde.

»Oh – der Park läuft mir so wenig fort wie das Skizzenbuch. Aber Prinzeß wünschen ohne Zweifel, Ihre Lektüre fortzusetzen.«

Trotz seines bittenden Blickes, der ihr deutlich verriet, daß er eine Aufforderung zum längeren Bleiben von ihr erhoffte, besann sie sich, daß sie Birkhühnchen versprochen hatte, ihre Würde als erwachsene junge Dame nicht außer acht zu lassen.

»Allerdings, ich möchte mein Buch zu Ende lesen, aber ich sehe mir dann einmal Ihre Arbeit an«, setzte sie damenhaft hinzu und kam sich sehr erhaben vor.

Er seufzte leise auf – aber so, daß sie es hören mußte.

»Dann bitte ich tausendmal um Verzeihung«, antwortete er sehr enttäuscht, verbeugte sich tief und ging.

Mit seinem Skizzenbuch beschäftigt, wartete er, ob sie nicht aufstehen und zu ihm herüberkommen würde. Nahm denn das dumme Buch gar kein Ende, in das sie so vertieft schien?

Die Pinselei erschien ihm recht langweilig und überflüssig. Wie schön hätte er sich inzwischen mit dem Prinzeßchen unterhalten können. Wenn nun Prinzeß Renate zurückkehrte, ehe sie herüberkam, dann wurde sie am Ende gar ins Haus gerufen, ehe er noch einmal mit ihr sprechen konnte. Und er meinte, daß er noch unendlich viel mit ihr zu besprechen habe.

Endlich, als ihm vor Ungeduld schon die Hände zu zittern begannen, sah er, daß sich die Prinzessin erhob und langsam auf ihn zukam. Verstohlen lugte er durch das Gebüsch. Wie lieb sie wieder aussah in ihrer schlichten Kleidung mit dem goldigen Schein auf dem jungen Haupt. Es war ein Glück, daß sie den greulichen Hut abgenommen hatte, der ihr schönes Haar so neidisch verbarg.

So saß er und wartete und verliebte sich mit Bewußtsein und Inbrunst in das liebliche Bild. Es war, als öffnete sich sein Herz immer weiter, je näher sie kam. Und dazwischen dachte er übermütig: »Seine Hoheit kann mit mir zufrieden sein. Wenn ich nicht soviel guten Willen hätte, würde ich mich nicht gleich so ohne Zaudern in sie verliebt haben.«

Er bedachte aber dabei nicht, daß es gar nicht Prinzeß Lolo Wengerstein war, die er so ohne weiteres in sein Herz geschlossen hatte, sondern die fremde junge Dame, die er zuerst für die Pförtnerstochter gehalten hatte. Denn als er erfuhr, wer sie war, da hatte sie sich bereits mit ihrem schlichten, natürlichen Wesen in sein Herz unter falscher Flagge hineingeschlichen.

Würde er auch ihr Herz unter der falschen Flagge erobern, unter der er segelte?

Als sie nahe herangekommen war, sprang er auf.

»Nein, Sie dürfen sich nicht stören lassen, Herr Baron – sonst gehe ich gleich wieder fort. Bitte, bleiben Sie ruhig bei Ihrer Arbeit!« sagte sie freundlich.

»Ich hätte jetzt ohnehin pausiert, Prinzeß«, antwortete er und schob ihr seinen Klappsessel zu.

Sie ließ sich darauf nieder und betrachtete seine Arbeit.

»Ah, also diese Partie nehmen Sie zuerst auf. Es muß sehr schwer sein, Buchen zu malen.«

»Allerdings – für einen Dilettanten wie ich es bin. Aber ich habe es mir nun mal in den Kopf gesetzt, diesen herrlichen Buchenschlag im Bild festzuhalten.«

»Sie hätten das aber entschieden in Falkenhausen bequemer gehabt, da Sie doch in Schwarzenfels leben. Ich behaupte noch immer, daß die Falkenhauser Buchen schöner sind.«

Er betrachtete ihr weiches junges Gesicht. Sie hatte die Hände um die Knie geschlungen und ein träumerischer Ausdruck gab ihren Zügen etwas unbeschreiblich Süßes.

»Vielleicht gehe ich später einmal nach Falkenhausen und stelle Vergleiche an«, erwiderte er, ohne seine Augen von ihr zu lassen.

Sie schaute von der Skizze in das Blättergewirr der Baumkronen hinüber.

»Ich habe seit gestern sehr viel an Falkenhausen denken müssen. Sie sagten mir, Graf Falkenhausen sei sehr krank. Ist er noch immer so allein, wie all die Jahre seit seines Sohnes Tod?«

»Ja, und es darf auch jetzt kein Mensch zu ihm, sonst wäre ich dort.«

»Wie seltsam das zusammentrifft, daß wir beide Georg Falkenhausen gekannt haben. Er war einige Male als Gast auf kurze Zeit im Haus meiner Eltern, und dann waren wir einige Wochen in Falkenhausen zu Besuch. Meine Mutter und Graf Falkenhausen waren Jugendfreunde und hielten sehr viel voneinander. Georg konnte so lustig sein, und tollte oft mit mir herum. Und sein Vater hatte mich so sehr lieb – viel lieber als mein –« Sie brach ab und hielt erschrocken inne. Fast hätte sie dem fremden Mann, den sie erst seit gestern kannte, verraten, daß ihr Vater sie nicht geliebt hatte. Aber das kam daher, daß er sie so warm und teilnahmsvoll anschaute und daß er ihr so vertraut schien. Sie richtete sich auf aus ihrer versunkenen Stellung und strich sich lächelnd das Haar zurück.

»Da verliere ich mich in allerlei Erinnerungen aus meiner Kinderzeit. Ich wollte nur sagen, daß Graf Falkenhausen mir sehr lieb war. Einmal sagte er im Scherz: ›Lolo, wenn du groß bist, dann kommst du für immer nach Falkenhausen, dann wirst du Georgs Frau.‹«

Sie lachte ein wenig dabei.

»Vielleicht war es ihm gar kein Scherz – vielleicht sah er wirklich schon seine Schwiegertochter in Ihnen«, sagte Prinz Joachim leise.

Und er glaubte, was er sprach. Graf Falkenhausens Testament verriet jedenfalls, daß er sie zur Herrin von Falkenhausen ausersehen hatte.

Sie schüttelte den Kopf.

»Ach nein, das war nur so ein Scherz. Georg war

mir nur ein lieber großer Freund, und er betrachtete mich als ein lebhaftes, übermütiges Kind, das er nach Belieben neckte und verzog. Er hatte mir auch einmal von einem sehr lieben Freund erzählt – aber nicht von Ihnen, sondern von einem Prinzen von Schwarzenfels.«

»Das war Prinz Joachim«, sagte er bewegt.

Sie nickte lebhaft.

»Ja, jetzt erinnere ich mich, Prinz Joachim hieß er. Georg Falkenhausen schien sehr an ihm zu hängen.«

Der Prinz nickte.

»Ja, ich weiß es. Georg, Prinz Joachim und ich – wir waren unzertrennliche Freunde und liebten einander sehr.«

»Ach, und nun sind Sie beide übrig geblieben. Wie muß Sie sein früher Tod geschmerzt haben! Verkehren Sie noch viel mit Prinz Joachim?«

Es zuckte in seinem Gesicht.

»Ja, sehr viel.«

»Er soll sehr lebhaft und lustig sein. Wir hörten zuweilen Neuigkeiten vom Schwarzenfelser Hof. Auch von Prinzeß Sibylle, die eine charmante Frau sein muß. Es ist wohl sehr lustig zu leben in Schwarzenfels?«

Er lächelte.

»Man kennt auch dort den Ernst des Lebens. Aber Prinzeß Sibylle und Prinz Joachim sind Sonntagskinder, deshalb sind sie wohl besonders frohe Naturen, die sich durch Sorgen nicht unterkriegen lassen.«

Sie sah strahlend zu ihm auf und atmete erregt.

»Das gefällt mir. Ich liebe frohe Menschen sehr. Und obwohl ich leider kein Sonntagskind bin, so halte ich es auch wie diese beiden Menschen: ich lasse mich nicht niederdrücken. So schwer mir auch oft mein Leben scheint, ich liebe es doch sehr und lasse mir den Frohsinn nicht rauben. Ja – Sie brauchen gar nicht so zu lächeln, ich habe es wirklich manchmal recht schwer.«

Mit einem warmen Blick sah er auf sie nieder.

»Ich bezweifle es nicht, Prinzeß Lolo. Aber ich freue mich, daß Sie so mutig sind. Dem Mutigen gehört das Glück.«

Sie seufzte.

»Das Glück? Ach, das ist da draußen, irgendwo in der Welt. Es verirrt sich nicht in das Prinzessinnenschlößchen. Arme Prinzessinnen sind Stiefkinder des Glücks.«

»Vielleicht kommt es doch eines Tages durch die Parktür hereinspaziert.«

Sie lachte fröhlich auf.

»Vielleicht springt es auch kühn wie Sie über das verrostete Parktor.«

Er beugte sich herab zu ihr und küßte ihre Hand.

»Ich wollte, ich hätte es gleich mitbringen können, als ich hinüberstieg.«

Sie zog errötend die Hand zurück.

»Von Schwarzenfels müssen Sie mir noch erzählen. Ich höre so gern von frohen Festen. Es muß schön sein, mitzufeiern.«

»Prinzeß leben sehr abgeschlossen und einsam.«

Den Kopf in die Hand gestützt, sah sie vor sich hin. Es lag eine eigenartige, träumerische Versunkenheit über ihrem Wesen.

»Ich darf ja nicht hinaus zu frohen Menschen.

Meine Schwester sagt, ich sei noch zu unerzogen, um in die Gesellschaft zu gehen.« Und sich schnell aufrichtend und ihn forschend ansehend, fragte sie: »Finden Sie das auch? Nicht wahr, ich bin recht – nun –, recht wenig wohlerzogen?«

Sie war rührend in ihrer Bescheidenheit. Seine Augen strahlten in die ihren.

»Sie würden jeder Gesellschaft zur Zierde gereichen, Prinzeß Lolo.«

Verwirrt lächelte sie ihn an.

»Das sagen Sie nur so, um höflich zu sein.«

»Nein, gewiß nicht.«

»Ehrenwort?«

»Mein Ehrenwort.«

Sie atmete froh auf, sank aber gleich wieder in sich zusammen.

»Ach, es nützt ja doch nichts. Solange meine Schwester noch Feste besucht, muß ich zu Hause bleiben.«

»Aber warum?«

Der Schalk lachte schon wieder aus ihren Augen.

»Wir sind zu arm. Unsere Mittel gestatten höchstens für eine Person die Anschaffung von Festkleidern.«

Heißes Mitleid durchzuckte ihn.

»Müssen aber gerade Sie jedesmal zurückstehen, Prinzeß?«

Ein schwaches Lächeln glitt über ihr Gesicht.

»Renate doch nicht etwa? Ach – Sie kennen meine Schwester nicht.«

»Ich empfinde nur, daß sie sehr stolz und unnahbar ist.«

Prinzeßchen strich hastig das goldige Gelock zurück. Und mit schelmischem Ausdruck sagte sie gewichtig:

»Oh, sie ist auch viel mehr berechtigt, stolz zu sein als ich. Ihre Mutter entstammte einem regierenden Fürstenhause. Die meine war nur ein schlichtes Fräulein von Ried, deren Eltern in der Nähe von Falkenhausen ein kleines Gut hatten, in dessen Erbe sich drei Brüder und vier Schwestern teilen mußten. Da blieb für jeden soviel wie nichts. Renates Mutter war ja auch arm, aber ach – so sehr hochgeboren. Ich habe gar kein Recht, mich ihr gleichzustellen.«

»Prinzeß können sich jeder Königin gleichstellen.«

Sie lachte.

»Lieber Gott, das will ich gern bleiben lassen. Königlich ist mir noch weniger zumute als fürstlich. Was gäbe ich darum, wenn ich nicht zufällig als Prinzessin geboren wäre. Dann könnte ich doch wenigstens mein Leben selbst in die Hand nehmen und brauchte nicht tausend Rücksichten zu nehmen auf einen Titel, der mir anhängt wie ein glänzendes Schmuckstück. Das paßt nicht zu meinem schlichten Kleid und nimmt sich so protzig aus. Deshalb mag ich das ›Durchlaucht‹ nicht hören.«

»Und was würden Sie tun, wenn Sie nicht Prinzessin wären?«

»Das weiß ich im Augenblick nicht gleich. Aber irgend etwas würde ich tun. Vor allen Dingen arbeiten und Geld verdienen. Und dann würde ich das Birkhühnchen mit mir nehmen und für sie sorgen und sie pflegen, wie sie es jetzt mit mir tut.«

»Birkhühnchen? Das ist Fräulein von Birkhuhn, die heute bei meinem Besuch zugegen war?«

Prinzeß Lolo schrak zusammen.

»Ach, was schwatze ich da! Ja, das ist Birkhühnchen. Aber bitte, nennen Sie diesen Namen nie in Gegenwart meiner Schwester! Überhaupt – Renate darf um Gottes willen nicht erfahren, daß ich so vertraulich zu meiner alten Erzieherin stehe. Ich schwatze recht törichtes Zeug. Sie müssen das bitte vergessen. Und jetzt muß ich nach Hause.«

Sie sprang hastig und sichtlich verlegen auf und stülpte ihren häßlichen Hut ziemlich achtlos auf den Kopf. Trotzdem sah sie auch jetzt noch sehr reizend aus. Es tat ihm furchtbar leid, daß sie schon gehen wollte.

»Wie schade, Prinzeß. Ich wollte Ihnen doch noch von Schwarzenfels erzählen.«

Sie strich sich das Kleid zurecht.

»Ein andermal, Herr Baron.«

»Also darf ich sagen: Auf Wiedersehen?«

Unsicher sah sie zu ihm auf. Ach, und ihr junges, unberührtes Herz klopfte so bang und selig zugleich, als er sie mit warmer Bitte im Auge ansah. Dann sagte sie leise und zögernd:

»Wir sehen uns doch morgen – zur Teestunde im Salon meiner Schwester!«

»Und hier im Park? Werde ich Sie da nicht wiedersehen?«

»Vielleicht auch das. Sie werden wohl oft hierher kommen?«

»Jeden Tag.«

»Nun – ich bin viel im Park. Wir werden einander wohl noch begegnen.«

Er küßte ihre Hand in sehr zarter, ritterlicher Weise.

»Darauf will ich hoffen. Prinzeß haben mir heute – und auch gestern – eine unvergeßlich schöne Stunde geschenkt.«

Sie lächelte verwirrt.

»Ach, ich war sehr formlos.«

»Unbeschreiblich gütig und freundlich. Ich fürchte, in Gegenwart Ihrer Durchlaucht Prinzeß Renate werden Prinzeß nicht so liebenswürdig zu mir sein dürfen. Deshalb können Prinzeß wohl verstehen, daß ich mich auf ein Wiedersehen im Park freue. Da kann ich auch Prinzeß unbefangener erzählen von Schwarzenfels.«

Sie atmete auf.

»Ach ja – wegen Schwarzenfels, ja – das wird Renate weniger interessieren.«

»Also auf Wiedersehen, Prinzeß Lolo.«

Sie nickte ihm zu und ging schnell davon.

Er sah ihr nach, bis sie verschwunden war.

»Liebes, goldiges Prinzeßchen«, sagte er lächelnd vor sich hin.

Und dann pinselte er gedankenverloren noch ein wenig an seiner Skizze herum.

Es konnte doch nicht so schwer sein, dieses junge unberührte Herz zu gewinnen. Nach einer Weile packte er sein Skizzenbuch zusammen. Da sein Bursche von ihm ins Hotel zurückgeschickt worden war, stellte er sein Malgerät bei Bielke ein. Dann ging er nach Hause.

Schon am nächsten Morgen sah er Prinzeß Lolo flüchtig in Fräulein von Birkhuhns Gesellschaft wieder im Park. Später, als gerade Bielke eine Weile in sein Skizzenbuch geschaut hatte, verschwand dieser plötzlich wortlos von seiner Seite und lief eilig davon.

Prinz Joachim blickte erstaunt über seine hastige Flucht auf. Da sah er Prinzeß Renate langsam und stolz daherkommen.

Am liebsten hätte auch er schnell die Flucht ergriffen, aber das ging natürlich nicht.

Er erhob sich und verneigte sich tief, als sie mit stolzem Gruß vorüberschritt. Ihre Durchlaucht fand im Stillen, daß dieser Baron Schlegell doch ein ungemein vornehm und interessant aussehender junger Mann sei. Und in ihrem verknöcherten Herzen begann das Blut ein wenig schneller zu schlagen. Sie kam sogar zu der Einsicht, daß es töricht sei, sich so sehr zurückzuziehen. Schließlich könnte man doch zuweilen ein Stündchen ganz angenehm mit ihm verplaudern.

Als sie bald darauf den Weg wieder zurückkam, blieb sie neben der Staffelei stehen und betrachtete die Skizze durch ihr Stiellorgnon.

Sie sprach sogar einige frostig-liebenswürdige Worte über Malerei mit ihm und gab sich den Anschein, als sei sie sehr kunstliebend und kunstverständig. Prinz Joachim amüsierte sich heimlich über den Lexikonstil, in dem sie ihre Ansichten zum besten gab. Da sie aber von der Unfehlbarkeit ihres Urteils überzeugt schien und er keine Veranlassung hatte, ihr zu widersprechen, quittierte er mit zustimmenden Verbeugungen.

Wieder drängte sich ihm der Vergleich auf zwischen den beiden so verschiedenen Schwestern. Als sie sich entfernte, rief sie ihm sogar ein gnädiges: »Auf Wiedersehen« zu.

Zum Tee erschien sie dann am Nachmittag in einem besonders vorteilhaften Kostüm, das allerdings gewaltig abstach von dem einfachen weißen Waschkleidchen mit der etwas verblichenen blauen Seidenschärpe, das ihre Schwester trug.

Prinzeßchen sah aber trotzdem viel holdseliger und lieblicher aus, als die elegant gekleidete Schwester mit den bereits scharf werdenden klassischen Zügen, obwohl der verkniffene Zug um den Mund heute durch ein liebenswürdiges Lächeln gemildert war.

Außer Prinz Joachim war noch ein pensionierter Oberst von Schlettau mit seiner Gemahlin zugegen. Der Oberst war schwerhörig und deshalb schrie seine etwas massig geratene Gattin immer alles, was sie zu sagen hatte, im Trompetenton in die Welt. Sie stellte ein wahres Verhör mit dem Prinzen an über: »Woher, wohin, weshalb« und forderte ihn immer wieder liebreich auf, recht laut und deutlich zu sprechen, da ihr Gemahl etwas schwerhörig sei.

Prinz Joachim schrie nun auch, und das amüsierte Prinzeßchen so sehr, daß sie nur schwer ihre Fassung wahren konnte. Zuweilen flog ein humoristischer Seitenblick zwischen den beiden jungen Leuten herüber und hinüber.

Später kam dann noch die Vorstandsdame vom Frauenhilfsverein, eine verwitwete Geheimrätin von Fabricius, mit ihrer ältlichen Tochter, die sofort ein Kreuzfeuer von neckischen Worten und Blicken auf den armen Prinzen richtete. Die Geheimrätin sah ihn dabei an wie eine Spinne die Fliege, die sich ihrem Netz nähert. Und als »Lillichen« – so hieß das Töchterchen – einen Moment erschöpft pausieren mußte, sprang die Mutter ein und versicherte dem Herrn Baron, daß er unbedingt zum Sommerfest des Frauenhilfsvereins kommen müsse. Es werde ein glänzendes Fest, und der Bazar sei reich mit Kunstgegenständen bedacht worden. »Lillichen« habe auch zwei Ölgemälde, die sie selber gemalt – »ja, das Kind ist so ungemein talentvoll!« – gestiftet und werde selbst bei den Malereien als Verkäuferin fungieren. Das Kostüm – »ich verrate nichts, Herr Baron« – sei besonders entzückend ausgefallen und kleide »Lillichen« wundervoll. Und Baron Schlegell müsse sie besuchen, um Lillichens Bilder anzusehen.

In diesen Erguß trompetete die Frau Oberst hinein, daß es schade sei, daß Ihre Durchlaucht Prinzeß Lolo das Sommerfest nicht besuchen werde. Prinzeß Renate erklärte ziemlich scharf, daß daran nicht zu denken sei, Lolo sei noch zu jung und zu kindisch. Die Geheimrätin stimmte energisch zu, denn was sollten die alten Jahrgänge, »Lillichen« an der Spitze, anfangen, wenn so junge Damen das Fest besuchten! Das letztere dachte sie natürlich nur im stillen bei sich. Laut sagte sie, es sei der Gesundheit so nachteilig, wenn junge Damen zu früh ausgingen. Darauf erwiderte der Oberst, der bei seiner Schwerhörigkeit zuweilen einen Brocken aufgefangen hatte und nicht wußte, wovon gesprochen wurde, daß junge Hunde oft sehr flapsig seien und geprügelt werden müßten, wenn sie Kleidungsstücke und Teppiche zernagten.

Prinzeß Lolo verschwand darauf lautlos hinter einer Blattpflanzengruppe und kam mit dunkelrotem Köpfchen nach einer Weile wieder zum Vorschein. Prinz Joachim hatte alle Selbstbeherrschung nötig, um seine Fassung zu wahren und konnte eine ganze Weile nicht in Prinzeßchens Augen blicken, weil er dann unfehlbar hätte lachen müssen.

Prinzeß Renate rettete kühl und überlegen die Situation, indem sie schnell ein anderes Thema aufbrachte. Aber die Frau Oberst bestand darauf, das Mißverständnis zu klären, und trompetete ihrem Gatten die ganze Geschichte noch einmal in die Ohren. Der entschuldigte sich dann etwas betreten bei Ihrer Durchlaucht Prinzeß Lolo, die ihm jedoch mit einem reizenden Lächeln versicherte, daß sie gar nichts zu verzeihen habe. Es sei eben ein kleines Mißverständnis gewesen.

In dieser Weise spann sich die Unterhaltung bei diesem Fünfuhrtee weiter. Dazwischen wurden von Bielke mit weißen Baumwollhandschuhen ein dünner Tee und sehr mittelmäßige Kekse serviert. Es war sehr erbaulich. Prinz Joachim dachte, wie viel schöner es wäre, wenn er allein mit Prinzeßchen draußen im Park plaudern könnte. Jedenfalls wirkte der Anblick der schlanken, weißgekleideten Gestalt mit dem goldig flimmernden Köpfchen zwischen all den langweiligen Menschen wie ein Labsal auf ihn.

VIII

In den nächsten Tagen sah Prinz Joachim Prinzeß Lolo fast gar nicht. Von Bielke erfuhr er, daß sie im Haus sitzen und ein kostbares Spitzentuch für die Schwester ausbessern müsse. Aber an dem Tag, als Prinzeß Renate mit Fräulein von Birkhuhn das Sommerfest besuchte, entdeckte er, den Park durchstreifend, das Borkenhäuschen. Und dort fand er zu seiner freudigen Überraschung Prinzeß Lolo. Sie saß träumerisch versunken in einem der beiden Sesselchen und schien ihn nicht zu bemerken. Er trat an das eine Fenster und zog den Hut.

»Grüß Gott, Prinzeß Lolo!« entfuhr es freudig seinen Lippen.

Sie schrak zusammen und errötete jäh, als sie in seine aufstrahlenden Augen blickte.

»Sie sind nicht bei der Arbeit heute, Herr Baron?« fragte sie, sich schnell fassend.

»Ich war nicht in Stimmung.«

»Und Sie besuchen das Sommerfest nicht?«

»Nein – hier im Park ist es schöner«, sagte er warm.

Wieder errötete sie.

Aber sie plauderten weiter, ohne so recht auf die Worte zu achten. Sie blickten sich nur an, wie sich zwei lebensfrohe Menschen anblicken, die einander gut sind. Und der Zauber dieser stillen, sonnigen Stunde band ihre warmen Herzen fest aneinander für alle Zeit. Schließlich verstummten ihre Worte, weil sie ihnen zu banal erschienen und weil sie nicht von dem sprechen durften, was sie empfanden. Tief sahen sie sich in die Augen und ihre Herzen lagen offen voreinander da.

Ein huschendes Eichkätzchen ließ sie aufschrekken. Da sprang das Prinzeßchen in ihrem Tuskulum empor und stülpte ihren Hut hastig auf.

»Ich muß ins Haus zurück«, sagte sie. Er half ihr Tür und Fenster schließen und fragte bittend, ob er sie begleiten dürfe.

Sie nickte nur. Er sah ihre Unruhe und begriff, daß er deren Ursache war. Am liebsten hätte er gleich jetzt um sie geworben, aber er hatte seinem Vater versprechen müssen, keinen entscheidenden Schritt zu tun, solange er in Weißenburg als Baron Schlegell auftrat.

Es beglückte ihn sehr zu bemerken, daß er ihr nicht gleichgültig war. In der Nähe der Schlummerbank verabschiedeten sie sich hastig.

Aber in Zukunft trafen sie einander noch oft »ganz zufällig« in dem kleinen Borkenhäuschen, und dann begleitete er sie stets bis zur Schlummerbank, wo Fräulein von Birkhuhn ihr Prinzeßchen immer in Angst und Sorge erwartete.

Dabei schlossen sich ihre Herzen immer fester aneinander an.

Doch diese herrliche, gnadenvolle Zeit mit ihren unerforschlichen heiligen Wundern sollte nur zu schnell ein Ende nehmen.

Eines Morgens erhielt Prinz Joachim von seinem Vater ein Telegramm, das ihm das Ableben des Grafen Falkenhausen meldete und ihn sofort nach Hause rief.

Daß er nicht gehen konnte, ohne Prinzeßchen Lebewohl zu sagen, stand bei ihm sofort fest.

Eilig begab er sich, nachdem er seinem Burschen Befehl zum Packen gegeben hatte, in den Park. Er hoffte und wünschte sehnlichst, Prinzeßchen dort zu finden.

Zum Glück war sie wirklich in ihrem Tuskulum. Als er an das Fenster trat und sie begrüßte, sagte sie befangen, wie jetzt immer:

»So früh schon im Park, Herr Baron?«

Er seufzte tief auf.

»Ja, ich – ich hoffte, Sie noch zu sehen.«

Sie blickte mit großen Augen bang in sein Gesicht.

»Was ist Ihnen? Sie sehen so – so seltsam aus, als sei Ihnen Schlimmes widerfahren?« fragte sie.

Sie fest ansehend, sagte er ernst:

»Ich muß fort, Prinzeß Lolo. Noch heute muß ich abreisen.«

Sie zuckte zusammen und wurde sehr blaß. Ihre Augen verloren den Glanz und ihre Hand stützte sich schwer auf den Tisch.

»Fort! Und heute schon?« rang es sich tonlos von ihren Lippen.

Da fragte er leise:

»Tut es Ihnen leid, Prinzeß Lolo?«

Sie schluckte tapfer die aufsteigenden Tränen hinunter.

»Ach – ich dachte, Sie blieben noch einige Wochen hier.«

»Das hoffte ich auch, aber ein Telegramm ruft mich schon heute nach Schwarzenfels zurück. Aber Sie gaben mir keine Antwort auf meine Frage. Tut es Ihnen leid, daß ich gehen muß?«

Sie sah mit einem trüben Blick zu ihm auf.

»Sie sind mir ein Freund geworden – und ich habe so wenig Freunde auf der Welt. Sollte ich Sie da gern scheiden sehen?«

Er preßte die Lippen aufeinander.

»Wollen Sie nicht ein wenig Platz nehmen?« fragte sie unsicher, sich mühsam bezwingend.

Er trat ein. Und sie schwiegen beide, obwohl sie einander soviel zu sagen gehabt hätten. Dabei verflog die Zeit unheimlich schnell.

Prinz Joachim atmete schwer und ließ seine Blicke nicht von ihrem traurigen, süßen Gesicht. Dann ertrug er das lastende Schweigen nicht mehr. Rasch trat er an ihre Seite und faßte ihre Hände.

»Prinzeßchen!«

Sie erzitterte unter dem heißen, zärtlichen Laut

und senkte den Kopf. Eine Träne fiel aus ihren Augen auf ihre Hand herab, die in der seinen ruhte. Er hob diese Hand an seinen Mund und trank die Träne fort mit heißen, durstigen Lippen.

»Darf ich wiederkommen, Prinzeßchen, liebes, teures Prinzeßchen, darf ich? Ich kann Ihnen heute nicht alles sagen, was mich bewegt. Aber Sie müssen doch fühlen, daß ich mein Herz hier zurücklasse. Nicht wahr, es bedarf jetzt keiner Worte mehr? Ich habe Ihnen später eine Beichte abzulegen, Prinzeßchen. Mein Herz ist voll und schwer. Soviel Liebes und Süßes muß ich jetzt zurücklassen und kann es nicht mit mir nehmen, so gern ich auch möchte. Aber ich komme bald wieder – oder wenn ich nicht selbst kommen kann, dann schreibe ich Ihnen. Fortgehen kann ich aber jetzt nicht, ohne die Hoffnung mit mir zu nehmen, daß Sie mich nicht vergessen werden, daß das, was in meiner Seele für Sie lebt, Erwiderung findet. Ich habe vermessene Wünsche, Prinzeßchen; nicht nur Ihr Freund will ich sein, damit begnügen sich meine Wünsche nicht. Sie sollen mir gar nichts sagen. Nur einmal ansehen sollen Sie mich und Ihre Augen sprechen lassen, was der Mund noch verschweigen soll. Prinzeßchen, liebes, teures Prinzeßchen – sehen Sie mich an.«

Er hob ihr den gesenkten Kopf empor und fühlte, wie sie zitterte. Und da sah sie ihn an mit einem Blick, mit dem sie ihm ihre ganze junge Seele offenbarte, mit dem sie sich ihm zu eigen gab für alle Zeit.

Tief und lange schauten sie einander in die Augen, und sie erzitterten beide unter der Macht ihrer Liebe. Die Selbstbeherrschung wurde ihm furchtbar schwer.

Dicht vor seinen Augen lockte ihr roter, bebender Mund, und ihre Augen sagten ihm: »Ich bin dein.« Da preßte er ihre beiden Handflächen vor sein zukkendes Gesicht und bedeckte sie mit Küssen. Und dann drückte er sie fest an seine Augen und gab sie schnell frei.

»Auf Wiedersehen, Lolo – liebe, süße Lolo!« stieß er hervor und dann trat er rasch aus der Hütte, wie auf der Flucht vor sich selbst, und lehnte sich an die Tür.

Eine Weile blieb es still in der Hütte. Dann hörte er das Geräusch ihrer leichten Schritte und ein unsicher tastendes Hantieren.

Er wandte sich nach ihr um.

Nach einer Weile trat sie heraus. Ihre Augen zeigten Tränenspuren, aber sie leuchteten in einem überirdischen Glanz. Er mußte an sich halten und die Zähne zusammenbeißen, um sie nicht jauchzend in seine Arme zu reißen.

Sie legte stumm die Fensterläden an, und er half ihr dabei, ebenfalls ohne ein Wort zu sagen. Dann schlossen sie gemeinsam die Tür. Über dem Holzriegel trafen sich ihre Hände. Da sahen sie einander aufleuchtend in die flammenden Gesichter. Fest faßte er ihre Hand in die seine und sagte zärtlich und leise ein einziges Wort:

»Komm!«

Hand in Hand, eins fest das andere haltend, gingen sie langsam durch den Park zurück. Die schweigende Sommerpracht ringsum stimmte zu dem wortlosen Jubel, der ihre Herzen füllte. Ganz langsam gingen sie, als müßten sie jede Minute auskosten, als könnten sie so die enteilende Zeit aufhalten. Wie im

Traum schritten sie dahin, wortlos, Hand in Hand. Und so kamen sie an der Schlummerbank an, wo Fräulein von Birkhuhn schon ängstlich nach Lolo ausschaute. Die Gute schlief in der letzten Zeit gar nicht mehr ruhig, weil sie das Gefühl der Verantwortlichkeit drückte. Sie fühlte, daß Prinzeßchen verändert war seit einiger Zeit und ahnte, daß das mit dem Baron zusammenhing.

Langsam lösten sich endlich nach einem letzten stummen Druck die Hände der beiden Liebenden. Sie sahen nicht, daß gerade in diesem Augenblick Prinzeß Renate um eine Baumgruppe bog. Diese aber bemerkte mit scharfen Augen das Lösen der beiden Hände.

Fräulein von Birkhuhn erblickte Renate zuerst. Sie erschrak tödlich. Aber die Angst gab ihr Mut und zugleich ihre Fassung zurück. Mit scharfer, lauter Stimme rief sie ihrem Schützling zu:

»Prinzeß Lolo – ich bitte sehr, sich zu beeilen.«

Die Liebenden sahen erschrocken auf und erblickten Prinzeß Renate, die eben mit erstauntem und mißbilligendem Ausdruck das Lorgnon vor ihre kurzsichtigen Augen führte. Hatte sie recht gesehen, als sie die Hand der Schwester in der des Barons sah? Sie war ihrer Sache nicht so ganz sicher.

Prinz Joachim erfaßte die Situation sofort, und eine steifere, gezwungenere Haltung annehmend, wandte er sich an Fräulein von Birkhuhn, indem er sich den Anschein gab, Prinzeß Renate gar nicht zu bemerken.

»Mein gnädiges Fräulein, ich traf soeben Ihre Durchlaucht Prinzeß Lolo und habe mir erlaubt, sie zu begleiten, weil ich mich zugleich bei dieser Gelegenheit von den Damen verabschieden will. Ich muß noch heute abreisen. Vielleicht haben Sie die Güte, mir zu sagen, ob es mir vergönnt sein wird, Ihrer Durchlaucht Prinzeß Renate einen Abschiedsbesuch zu machen.«

Birkhühnchen stand fest und steif wie ein Held und zitterte nicht. Sie wußte, was auf dem Spiel stand, und daß nur die größte Ruhe sie retten konnte.

»Ihre Durchlaucht nahen soeben,« sagte sie laut, mit einer Handbewegung nach Prinzeß Renate deutend.

Diese stand noch mit der Lorgnette vor den Augen an der Baumgruppe und sah mißtrauisch herüber. Irgend etwas schien ihr nicht in Ordnung zu sein.

Prinz Joachim hatte sich wie überrascht nach ihr umgewandt und begrüßte sie mit einer tiefen Verbeugung. Sie dankte mit einem stolzen Neigen des Hauptes und wandte sich an Fräulein von Birkhuhn.

»Wo kam Prinzeß Lolo soeben her, Fräulein von Birkhuhn? Sie hat doch jetzt französischen Unterricht bei Ihnen?«

Birkhühnchen hatte diese Frage kommen sehen und war gewappnet. »Eure Durchlaucht verzeihen, wir waren heute etwas früher fertig, und ich hatte Prinzeß zu Bielke hinüber geschickt. Er soll die Jalousie am Fenster Eurer Durchlaucht befestigen, da diese sich gelockert hat.«

Diesen Auftrag hatte Prinzeß Lolo schon ausgerichtet, ehe sie in das Tuskulum ging. Sie atmete heimlich auf, daß Birkhühnchen sich auf diese Ausrede besonnen hatte. Prinzeß Renate sah noch immer etwas mißtrauisch aus. Aber nun wandte sich Prinz Joachim ihr zu und sagte artig:

»Ihre Durchlaucht Prinzeß Lolo haben mir gütigst gestattet, mich zu verabschieden. Eure Durchlaucht wollen die gleiche Güte haben. Ein Telegramm ruft mich schon heute heim.«

Prinzeß Renate sprach einige zeremonielle Worte und verabschiedete sich ziemlich kühl. Dann verneigte er sich auch vor Fräulein von Birkhuhn und vor Prinzeß Lolo. Dabei grüßten seine Augen die Geliebte mit einem letzten heißen Blick. Prinzeßchen gab den Blick groß und strahlend zurück. In diesem Augenblick war es ihr gleich, ob die Schwester etwas merkte oder nicht. Dieser letzte Gruß sollte keine Lüge sein.

Prinzeß Renate hatte sich indes bereits zum Gehen gewandt und schritt mit stolzerhobenem Haupt tiefer in den Park hinein. Auch Prinz Joachim entfernte sich nun. Birkhühnchen trippelte von einem Fuß auf den andern. Sie war halbtot vor Angst. Als Prinzeß Renate fort war, sank sie ächzend auf die Bank zurück.

»Kindchen, ach Kindchen – das hätte schlecht ablaufen können. Wenn das nur nicht noch ein Nachspiel gibt«, flüsterte sie Prinzeßchen zu.

Prinzeßchen drückte ihr nur stumm die Hand. Sie hörte kaum, was das alte Fräulein sagte. Ihre Augen folgten der eleganten, schlanken Männergestalt, die dem Ausgang zustrebte. Am Ende des Weges wandte sich Prinz Joachim noch einmal um und schaute zurück. Da winkte ihm ein Tüchlein den Scheidegruß zu. Er zog den Hut und winkte zurück – dann war er verschwunden.

Birkhühnchen riß Prinzeßchen entsetzt das Tüchlein aus der Hand.

»Kind, bist du unklug? Wenn das Durchlaucht sieht!«

Prinzeßchen warf sich auf die Bank und umschlang sie mit den Armen.

»Mag sie es sehen, Birkhühnchen. Schilt nicht, Liebe, Gute!«

»Aber Kind, aber Kind, was soll denn daraus werden?« jammerte die Ärmste.

Die junge Dame lehnte ihren Kopf an ihre Brust.

»Hast du mich lieb?«

»Ach du lieber Himmel, so eine Frage, das weißt du doch.«

Prinzeßchen küßte sie.

»Ja, ich weiß. Und deshalb sollst du es auch wissen, du allein wie glücklich ich bin. Ach, Birkhühnchen, wie schön ist das Leben.«

Die alte Dame strich mit zitternder Hand über das blonde Köpfchen, nachdem sie sich überzeugt hatte, daß Durchlaucht außer Hör- und Sehweite war.

»Du bist ja ganz außer dir! Deine Wangen glühen. Was ist denn geschehen?«

»Ach, Liebe, Gute, ein herrliches Wunder ist geschehen. Baron Schlegell war im Tuskulum, um sich von mir zu verabschieden. Und da hat er mir so viel Liebes und Schönes gesagt. Aber das kann ich dir nicht alles erzählen. Nur eins sollst du wissen: wir haben uns lieb, unsagbar lieb. Und er wird wiederkommen.«

»Kindchen, mein liebes – und was soll dann werden? Wirst du denn einen Baron heiraten wollen?«

Prinzeßchen lachte glückselig auf.

»Ach du, ob Baron oder Tagelöhner oder Fürst,

wenn ich ihn nur so lieb habe wie ihn – und er mich –, dann ist alles gleich. Mir gilt doch nur seine Person, nicht sein Stand und Name.«

Birkhühnchen seufzte halb beglückt, halb besorgt.

»Ob er denn vermögend genug ist, so eine arme Prinzessin zu heiraten, wie du es bist?«

Prinzeß Lolo sah träumend in die Ferne.

»Wir sind so anspruchslos, Birkhühnchen. Was brauchen wir viel?«

»Kind, du redest wie der Blinde von der Farbe. Du bist gewiß anspruchslos. Ob aber auch er?«

Prinzeßchen lachte sorglos, nahm Birkhühnchens Kopf zwischen die Hände und sagte tief aufatmend:

»Du sollst dich nicht sorgen, hörst du? Laß nur alles kommen, wie es soll. Er wird schon alles führen, wie es recht ist. Ich vertraue ihm grenzenlos.«

Die alte Dame wurde durch ihre Zuversicht angesteckt.

»Lieber Gott – Kindchen, wenn das Glück zu dir käme.«

»Es ist ja schon da«, sagte Prinzeßchen verträumt.

»Aber deine Schwester! Durchlaucht wird nicht so ohne weiteres in diese Verbindung willigen.«

Prinzeß Lolo richtete sich auf. Ihr Gesicht nahm einen entschlossenen Ausdruck an.

»Hier hört Renates Macht auf, hier gilt es das Glück meines Lebens, da lasse ich mir von niemandem dreinreden. Gewiß wird sie es tun, sie wird mir mein Glück nicht gönnen und mich daran hindern wollen. Aber es wird ihr nichts helfen. Ich folge ihm, wenn er mich ruft. Aber daran will ich jetzt noch nicht denken. Ich bin ja so unsagbar glücklich. Wenn du wüßtest, wie mir zumute ist! So stolz bin ich, daß er mich erwählt hat, mich schlichtes, unbedeutendes Ding. Sicher hätte er die Wahl gehabt unter schönen, glänzenden Frauen. Was bin ich denn, daß ich dieses Glück errungen habe?«

Fräulein von Birkhuhn hob fast beleidigt den Kopf.

»Nun, nun – gar so bescheiden brauchst du nicht zu sein. Bist du nicht klug und gut? Bist du nicht schön und anmutig? Dafür kannst du freilich nichts. Aber außerdem bist du doch eine Prinzessin –«

»Wofür ich aber erst recht nichts kann, mein liebes Birkhühnchen. Aber weißt du, eins ist klar? Wenn er mich von hier fortholt eines Tages, dann mußt du mit mir gehen, das ist gewiß.«

Dem alten Fräulein traten die Tränen in die Augen.

»Kindchen, du liebes, gutes – soweit wollen wir noch nicht denken. Aber daß du es aussprichst, daß du an mich gedacht hast – siehst du, das macht mich sehr glücklich. Aber nun komm, wir wollen hineingehen. Ich hab' so ein Gefühl, als gäbe es mit Durchlaucht noch eine Szene. Daß sie so still fortging, erscheint mir verdächtig. Sie schenkt dir doch sonst nichts. Mein Gott, war ich erschrocken, als sie plötzlich auftauchte. Sie kam heute so früh in den Park. Aber du bliebst auch länger aus als sonst.«

Prinzeßchen seufzte.

»Ach, die Zeit verging so schnell, ich wußte nicht, wo sie geblieben war.«

Prinzeß Renate kam nicht auf die Szene im Park zurück, aber sie beschäftigte sich dennoch innerlich mit dem, was sie gesehen hatte.

IX

Prinz Joachim hatte den Frühzug versäumt und war die Nacht durchgefahren. Er langte im Morgengrauen in Schwarzenfels an. Ein Hofwagen erwartete ihn am Bahnhof.

Im Schloß angekommen, wurde ihm gemeldet, daß Seine Hoheit bereits wach sei und ihn sofort erwarte.

Schnellen Schrittes durcheilte er die langen Korridore. Der Gedanke, wie sich Prinzeß Lolo in dem höfischen Treiben ausnehmen würde, entlockte ihm ein Lächeln. Sein liebes, schlichtes, kleines Prinzeßchen – wie schwer würde sie sich anfangs an all den Formelkram gewöhnen. Und wie übermütig würde sie dann verstohlen mit ihm darüber lachen. Das Herz wurde ihm warm und weit, wenn er an sie dachte.

Eins stand bei ihm fest Waren sie beide wirklich die Erben von Falkenhausen und wurde sie seine Gemahlin, dann würden sie beide nur bei Hofe erscheinen, wenn es unbedingt nötig war. Sie würden in Falkenhausen leben, und im schönen Falkenhausener Park wollte er ein Tuskulum aufstellen lassen – etwas komfortabler als das im Weißenburger Park. Und dort sollten die herrlichen Tage, die er eben durchlebt, von neuem erstehen.

Noch nie war ihm das höfische Gepränge so steif und unnatürlich erschienen wie jetzt, nach diesen Tagen ungebundener Freiheit. Im Vorzimmer zu den fürstlichen Gemächern stand der Kammerdiener Wittmann, seiner wartend, und ließ ihn ohne vorherige Meldung wie der Fürst befohlen hatte, eintreten.

Fürst Egon saß, eine Zigarette rauchend, am Kamin. Er sah etwas abgespannt und überwacht aus, denn er hatte in dieser Nacht nicht viel Schlaf gefunden. In der fahlen Beleuchtung des anbrechenden Morgens sahen die Damastbezüge der Möbel noch fadenscheiniger als sonst aus, und durch den brüchigen Seidenstoff der Fenstervorhänge brach sich das erwachende Licht unerlaubt Bahn.

Fürst Egon warf, als sein Sohn eintrat, die Zigarette weg. Er schien etwas nervös zu sein, in seinem bartlosen Gesicht zuckte die Ungeduld.

»Ich habe dich schon gestern abend erwartet, Joachim. Meiner Berechnung nach hättest du den Frühzug noch erreichen müssen«, sagte er, nachdem er ihn begrüßt hatte.

»Es tut mir leid, Papa. Aber ich konnte nicht eher kommen. Bitte verzeih, wenn ich dich warten ließ.«

»Nun gut, du bist da, und nur meine Ungeduld ersehnte dein früheres Kommen. Hier, nimm Platz – wenn du willst, nimm dir eine Zigarette. Wir wollen alles behaglich besprechen. Aber zuerst beruhige mich über eins. Hast du Prinzeß Wengerstein kennengelernt? Du warst sparsam mit Berichten.«

»Ja, Papa, ich habe sie kennengelernt.«

»Nun, und? Wie gefällt sie dir?«

Prinz Joachims Gesicht rötete sich, seine Augen leuchteten.

»Sie ist das entzückendste und holdseligste Geschöpf, das mir im Leben je begegnet ist.«

Fürst Egon atmete auf. Die nervöse Spannung in seinen Zügen verlor sich. Ein Lächeln umspielte seinen Mund.

»Das klingt sehr begeistert, mein Sohn«

Prinz Joachim faßte seine Hand und schaute dem Vater strahlend ins Gesicht.

»Ich habe mich, deinem Wunsch entsprechend, in Prinzeß Lolo verliebt. Nein, mehr – ich liebe sie mit einer tiefen und innigen Liebe. Auch ohne diese Testamentsbestimmung wäre sie mir die erstrebenswerteste Gemahlin, die ich mir wünschen könnte.«

Fürst Egon kniff das rechte Auge ein wenig zu, wie immer, wenn er etwas genau betrachten wollte.

»Das ist schnell gegangen«, sagte er dann lächelnd.

Prinz Joachim richtete sich auf mit einem tiefen Atemzug.

»Wenn du sie kenntest, du würdest es verstehen.«

»Nun, es freut mich für dich. Mir ist die Hauptsache, daß du bereit bist, dich mit ihr zu vermählen.«

»Das bin ich.«

Wieder lächelte Seine Hoheit.

»Du bist wirklich ein Sonntagskind, Joachim. Es scheint, daß dir das Leben alle Kämpfe ersparen will. Mag es so bleiben. Sonnennaturen, wie die deine, strahlen auch auf ihre Umgebung Wärme aus. Und weiß Gott – mir soll es guttun, mich an deinem Glück zu wärmen. Aber ehe du mir nun Einzelheiten berichtest, laß dir erzählen. Ich habe bereits gestern nachmittag den Notar und Testamentsvollstrecker des Grafen Falkenhausen empfangen. Das Testament ist, dem Wunsch des Grafen gemäß, sechs Stunden nach seinem erfolgten Ableben eröffnet worden. In der vorigen Nacht, gegen zwei Uhr, ist er verschieden. Um acht Uhr fand die Eröffnung des Testamentes statt. Und nachmittags um 2 Uhr meldete sich der Testamentsvollstrecker, Justizrat Dr. Hofer, bereits bei mir zur Audienz. Er legte mir eine Abschrift des Testamentes vor. Seltmann hat uns recht berichtet. Es verhält sich genau mit dem Testament, wie er mir eröffnet hatte. Neu ist mir eine Bemerkung des Grafen Falkenhausen darin. Diese Bemerkung interessiert dich sicher auch, nachdem du Prinzeß Lolo so innig in dein Herz geschlossen hast. Also Graf Falkenhausen sagt in seinem Testament: ›Als mein Sohn Georg noch lebte, war es mein Lieblingswunsch, ihn mit Prinzeß Lokandia Wengerstein zu vermählen, wenn die Zeit gekommen sein würde. Sie hätte ich am liebsten als Herrin von Falkenhausen gesehen. Da das Schicksal mir die Erfüllung dieses Wunsches verbot, hoffe ich, Prinzeß Lokandia auf andere Weise zur Herrin von Falkenhausen zu machen. Und wie ich, nach alledem, was mich betroffen, meinen ganzen Besitz in Prinz Joachims Händen am liebsten weiß, so gönne ich auch ihm allein nur die Braut, die ich meinem Sohn zugedacht hatte. Möge mein Testament die Herzen dieser beiden Menschen zusammenführen.‹

Du siehst, mein Sohn, daß Graf Falkenhausen mit voller Klarheit dies alles erwogen hat. Auf jeden Fall bist du der Haupterbe, sobald du dich bereit erklärst, Prinzeß Lolo zu heiraten. Da du das tun wirst, brauchen wir die anderen Fälle gar nicht in Betracht zu ziehen. Es wäre nun noch zu bedenken, ob Prinzeß Lolo sich weigert, dich zu heiraten. Dann erhält sie nur eine halbe Million Mark und die Falkenhausenschen Familiendiamanten, die auch auf eine halbe Million eingeschätzt sind. Vielleicht hast du bereits eine Ahnung, ob sie sich weigern wird.«

Prinz Joachims graue Augen strahlten glücklich auf.

»Ich glaube es nicht, Papa.«

»Nun, dann wird sich wohl alles glatt nach dem Wunsch des Grafen Falkenhausen abspielen. Noch eins, in dem Testament – du kannst nachher die Abschrift genau durchlesen – ist auch von Prinzeß Renate Wengerstein die Rede. Für den Fall nämlich, daß Prinzeß Lolo auf deine Hand Verzicht leistet, soll die Verwaltung des an sie fallenden Vermögens keinesfalls der Prinzessin Renate übergeben, sondern Dr. Hofer übertragen werden. Graf Falkenhausen wollte anscheinend Prinzeß Lolo unabhängig von ihrer Schwester wissen. Es geht aus seinen Worten hervor, daß er dieser Prinzeß Renate kein großes Vertrauen schenkte.«

»Daran tat er recht, Papa. Vielleicht hat er in Erfahrung gebracht, wie lieblos Prinzeß Renate ihre Schwester behandelt«, stieß der Prinz aufgeregt hervor.

Seine Hoheit blickte prüfend in das Gesicht des Sohnes.

»So, so, du scheinst dich genau orientiert zu haben. Nun, später erzählst du mir alles. Wie weit bist du mit Prinzeß Lolo gekommen? Weiß sie, wer du bist?«

»Nein, Papa; ich bin für sie noch Baron Schlegell. Aber wenn ich dir nicht mein Wort gegeben hätte, nichts Entscheidendes zu tun, wäre sie vielleicht schon jetzt meine Braut. Du mußt mich nun meines Wortes entbinden. Ich will ihr sofort schreiben und ihr alles erklären, denn fürs erste kann ich doch wohl nicht nach Weißenburg zurück.«

»Allerdings nicht. Zunächst mußt du der Beisetzung des Grafen Falkenhausen beiwohnen. Da ich

Justizrat Dr. Hofer schon angedeutet habe, daß du die Hand der Prinzessin nicht ausschlagen würdest, betrachtet man dich bereits als Herrn der Falkenhausenschen Besitzungen, denn neben der Grafschaft Falkenhausen fallen dir dann auch die Güter Neurode und Schaffenstein zu. Es wird da in den nächsten Wochen allerlei zu ordnen sein, wobei deine Anwesenheit unbedingt nötig ist. Justizrat Dr. Hofer wird bereits heute in Weißenburg sein, um Prinzeß Lolo zu benachrichtigen, ihr das Testament vorzulesen und eine Abschrift zu unterbreiten. Zehn Tage nach dem Ableben des Grafen, also am achten August, bis mittags zwölf Uhr, muß eure beiderseitige Erklärung in den Händen Dr. Hofers sein.«

»Das ist gut, so habe ich noch genügend Zeit, Prinzeß Lolo meine Beichte abzulegen.«

»Und dabei auch dein Inkognito zu lüften«, sagte Seine Hoheit lächelnd. Sie ist sonst am Ende gar imstande, die Hand des Prinzen Joachim auszuschlagen, weil ihr Baron Schlegell besser gefällt.«

»Ohne allen Spott, Papa. Mein Prinzeßchen würde alle Prinzen der Welt ausschlagen, um mir treu zu bleiben, wenn sie mich so liebt, wie ich bestimmt hoffe.«

»Also eine kleine Idealistin?«

Der Prinz schüttelte den Kopf.

»Eine große, Papa.«

»Nun, es soll mir guttun, glückliche Menschen um mich zu sehen. Das ist ein seltener Genuß für mich. Der einzige dunkle Punkt in der ganzen Angelegenheit scheint mir diese Prinzeß Renate zu sein. Es entzückt dich wohl wenig, sie als Schwägerin zu bekommen?«

»Gar nicht, Papa. Sie ist mir so zuwider wie kein zweiter Mensch.«

Seine Hoheit strich sich über den Kopf und sah dann seinen Sohn eigentümlich an.

»Es ist sonderbar, aber euch Sonntagskindern muß ein eigener Glücksstern leuchten. Das Schicksal will dir anscheinend auch diesen Stein des Anstoßes aus dem Weg räumen, noch ehe er dir lästig wird.«

»Wie meinst du das?«

»Das sollst du gleich hören. Die Priorin des Kaiserin-Elisabeth-Stiftes in Rolfingen ist dieser Tage gestorben. Es war eine Prinzessin Bissingen. Diese Stelle ist neu zu besetzen. Nur Prinzessinnen aus fürstlichem Geblüt sind berechtigt, diese in jeder Beziehung glänzende und hervorragende Stelle einzunehmen. Es ist nun deiner Tante, Prinzeß Sibylle, die Frage vorgelegt worden, ob sie Priorin des Stiftes sein will. Ich selbst habe ihr gestern diese Anfrage überbracht. Sie hat mich einfach ausgelacht. In einem Damenstift, und sei es auch das vornehmste und altadeligste des ganzen Deutschen Reiches, wolle sie ihr ›junges Leben‹ nicht vertrauern.«

Seine Hoheit lächelte dabei amüsiert. Prinz Joachim aber lachte fröhlich auf.

»Das ist Tante Sibylle – eine andere Antwort konnte sie gar nicht geben.«

»Ganz recht; ich hatte es auch nicht anders erwartet. Weil aber Tante Sibylle dieses Angebot ausschlägt, ist die nächste Anwärterin die älteste Prinzeß Wengerstein, da ihre Mutter einem regierenden Haus entstammte. Meinst du, daß sie annehmen wird?«

»Wenn diese Position so glänzend ist, wie du sagst, bezweifle ich das nicht. Sie ist sehr stolz und herrschsüchtig. Eigentlich könnten mir die armen Stiftsdamen leid tun.«

»Oh, ihre Macht bezieht sich nur auf Äußerlichkeiten, hauptsächlich auf die Repräsentation.«

»Dazu dürfte sie sich vortrefflich eignen.«

»Und wir wären sie auf gute Art los. Entre nous – mich verlangt nicht nach solch unliebenswürdigem Familienzuwachs. Und als Schwester deiner Gemahlin könnten wir sie nicht ignorieren. Ich werde also sofort dafür sorgen, daß ihr die Berufung zugeschickt wird. Die Angelegenheit eilt ohnedies. Die Stiftsdamen sind wie eine Herde ohne Hirt. In spätestens vierzehn Tagen müßte die neue Priorin schon im Stift eintreffen. Vorläufig muß ich dich nun entlassen. Du wirst der Erfrischung bedürfen und willst wohl auch bald deine Beichte ablegen. Hier ist die Testamentsabschrift. Lies sie in Ruhe durch. Später begrüßest du den Erbprinzen und seine Gemahlin. Theodora ist zwar etwas unpaß, aber sie wird dich – hoffe ich – dennoch empfangen.«

Prinz Joachim verneigte sich leicht.

»Tante Sibylle möchte ich auch noch begrüßen, ehe ich nach Falkenhausen fahre.«

»Das kannst du tun. Ich denke, du fährst erst nach Tisch. Man erwartet dich jedenfalls nicht früher. Nun gehe jetzt, mein Sohn. Es findet sich wohl noch eine Stunde, in der du mir von deinen Erlebnissen in Weißenburg berichten kannst.«

Vater und Sohn verabschiedeten sich herzlich. Dann verließ Prinz Joachim das Gemach. Seine Hoheit sah ihm lächelnd nach.

»Sonntagskind! Gottlob, daß du dein Herz nicht opfern mußt, ich hätte dir nicht helfen können«, flüsterte er. Und dann trat er an das Fenster. Die ersten Strahlen der aufgehenden Sonne fielen über sein Gesicht und spielten draußen auf dem Marktplatz mit den Wasserstrahlen des Marktbrunnens.

Die Residenz des »Fürstentümle« erwachte zu neuem Leben.

Im Prinzenpalais wurde Prinz Joachim schon sehnlichst erwartet. Prinzeß Sibylle lief ungeduldig von einem Fenster zum andern. Sie wußte, daß Prinz Joachim im Morgendämmern in Schwarzenfels eingetroffen war und zählte nun die Minuten, bis er kam. Um sich die Zeit zu verkürzen, besuchte Sie ihre Hofdame. Fräulein von Sassenheim war noch immer an das Zimmer gefesselt. Mit Lektüre und einem Körbchen ausgesucht schöner Früchte beladen, trat sie bei ihr ein.

»Guten Morgen, liebe Sassenheim! Na, wie geht es Ihnen heute? Noch nit ein bisserl besser? Da bring' ich Ihnen frisches Obst und die neuesten Romane. Die müssen Sie mir halt erst durchlesen, ehe ich mich daran wage. Ich kann halt nit ohne Sie fertig werden«, sagte sie in ihrer frischfrohen Art. Zwar hatte sie die Romane längst gelesen und festgestellt, ob die Lektüre für ihre leidende Hofdame nicht zu schwer und düster war. Aber durch dergleichen scheinbare Aufträge suchte die Prinzessin Fräulein von Sassenheim ihre Unentbehrlichkeit vorzutäuschen. Die Ärmste sollte nicht fühlen, daß sie das Gnadenbrot aß.

Nachdem Prinzeß Sibylle ein halbes Stündchen mit ihr geplaudert hatte, ging sie wieder in ihr behagliches Wohnzimmer zurück. Gleich darauf meldete

Bröschchen, daß Prinz Joachim angekommen sei und ließ ihn auf einen Wink der Prinzessin eintreten.

Diese ging Prinz Joachim lebhaft entgegen und küßte ihn herzhaft ab.

»Daß du nur wieder da bist, mein Joachim! Und gut schaust du aus, so recht vergnügt und froh. Geh – da setz dich her. Und nun erzähl. Wie war's auf der Brautschau?«

»Herrlich, Tante Sibylle!«

»Ah, die Einleitung gefällt mir sehr. Nun weiter.«

Er hielt es nicht aus, still zu sitzen und sprang wieder auf. Hier konnte er doch sein Herz ohne Rückhalt ausschütten. Seinem Vater vermochte er nicht alle Einzelheiten seines Herzensromans zu berichten. Aber Tante Sibylle würde alles verstehen.

»Also schön war es in Weißenburg, wunderschön«, begann er.

Sie klopfte ungeduldig auf ihre Sessellehne, und ihre dunklen Augen funkelten erwartungsvoll.

»So setz dich doch daher, Joachim. Im Spazierengehen erzählt man doch nit vernünftig. Und von diesem Lapidarstil hab' ich genug. Deine beiden kurzen Briefe haben mir den Geschmack daran verdorben. Ich sitz' doch wie auf Kohlen. Also nimm Platz und erzähl mir ausführlich. Man kommt ja um vor lauter Unruh und –«

»Und wenn du so weiter redest, komme ich überhaupt zu keinem Bericht«, neckte er.

Sie stutzte einen Augenblick. Dann lachte sie herzlich.

»Recht hast du. Also jetzt sag' ich kein Wörtl mehr.«

Prinz Joachim entwarf nun eine genaue Schilderung seiner Erlebnisse in Weißenburg. Auch von dem Testament des Grafen Falkenhausen, und wie das mit Prinzeß Lolo zusammenhing, berichtete er. Es war ja nun kein Geheimnis mehr.

Prinzeß Sibylle lauschte mit atemlosem Interesse. Als er ihr erzählte, wie er Prinzeß Lolos Bekanntschaft gemacht und sie ihn düpiert hatte, klopfte sie wieder auf ihre Sessellehne.

»Das hat sie gut gemacht, das Prinzeßchen gefällt mir!« rief sie vergnügt.

Er erzählte weiter von dem armseligen, schlichten Leben Prinzeß Lolos, von den abgelegten Kleidern und der lieblosen Behandlung. Und dann schilderte er in glühenden Farben Prinzeßchens Liebreiz, ihr goldiges Haar, ihre maienfrische Lieblichkeit und ihren Frohsinn, der siegreich aller Trübsal widerstanden hatte. Von Birkhühnchen erzählte er und von Bielke. Und zuletzt vom Tuskulum. Ganz genau mußte er das beschreiben, und Prinzeß Sibylles Augen funkelten nur so vor Vergnügen. Als der Prinz geendet hatte, gab sie ihm einen herzhaften Kuß.

»Brav hast du das gemacht, Joachim. Und das Prinzeßchen lade ich mir ein, daß du es nur weißt. Sie soll mir nit mehr bei ihrer grantigen Schwester hausen. So ein frisches Blut – lieber Gott, ich freu' mich ja ganz närrisch. Und das Birkhühnchen, das lassen wir in Gold fassen, gelt? Es muß samt dem Bielke in euren Hofstaat. Solche Originale mit ihrem treuen Herzen, die läßt man nit von sich. Und die Köchin – die muß natürlich auch einen guten Posten bei euch bekommen und –«

Er hielt ihr lachend den Mund zu.

»Nun ist es genug; du ladest mir sonst ganz Weißenburg auf meine schwachen Schultern.«

Sie machte sich los und schüttelte ihn.

»Willst du mich wohl reden lassen, du Unband! Wirst doch den Leuten Gutes tun, die dir dein Prinzesserl so gut aufgefuttert haben, daß dir das Herz im Leibe lacht, wenn du sie anschaust.«

»Ich verspreche es feierlich«, versicherte er.

»Alsdann sind wir einig. Und die Prinzeß Renate soll nun statt meiner in das Damenstift?«

»Wenn sie annimmt, was ich nicht bezweifle, ja!«

»Das gönne ich ihr. Dort soll sie die Langeweil' stückweis umbringen, die böse Stiefschwester!«

Prinz Joachim lachte über ihren Eifer, und sie lachte mit.

»Ah – lassen wir die Stiefschwester. Jetzt interessiert mich nur das Prinzesserl. Erzähl mir noch ein bisserl von ihr.«

»Ich habe leider gar keine Zeit mehr, Tante Sibylle. In einer Stunde fahre ich nach Falkenhausen. Wahrscheinlich bleibe ich die nächste Zeit dort. Jedenfalls bis nach der Beisetzung des Grafen. Und nicht wahr, es bleibt dabei – du ladest Prinzeß Lolo ein, sobald sich die Testamentsangelegenheit erledigt hat? Ich werde wohl jetzt wochenlang in Falkenhausen nötig sein und hab' doch große Sehnsucht nach meinem Prinzeßchen. Du wirst es auch am besten verstehen, sie in die fremden Verhältnisse hier einzugewöhnen. Sie ist so einsam aufgewachsen.«

»Verlaß dich ganz auf mich, mein Joachim. Herrgott – ich freu' mich schon unbändig! Da kann ich doch ein liebes Kinderl bei mir haben. Also am 8.

August fällt die Entscheidung. Da will ich Bröschchen nur gleich sagen, daß wir spätestens Mitte August einen Gast bekommen. Das Prinzesserl kann gleich das Birkhühnchen mitbringen, damit sie nit allein reist. Dann hat meine arme Sassenheim auch ein paar Wochen eine Gesellschaft. Und dann, ja – nun dann geb' ich ein neues Gartenfest; schon wegen des Richard Löwenherz, weißt du! Da wollen wir mal zeigen, wie man Feste feiert.«

Atemlos sank sie in ihren Sessel zurück.

»Lieber Gott, ganz warm ist mir geworden. Ich glaub', es liegt ein Gewitter in der Luft.«

Prinz Joachim küßte ihr lachend die Hand.

»Ich will dich lieber jetzt allein lassen, du regst dich sonst zu sehr auf.«

»Zu sehr? Ah – keine Spur. Wenn man nit ab und zu eine kleine Emotion hat, dann ist das Leben fad. Nichts Schlimmeres könnte es für mich geben, als stagnieren. Dazu hab' ich noch genug Zeit, wenn ich in der Fürstengruft aufgebahrt bin. Das pressiert mir noch lange nit.«

Er sah ihr mit einem warmen Blick in die Augen.

»Ja, du mußt noch lange, lange bei uns bleiben, Tante Sibylle. Was sollten wir ohne dich anfangen? Das Fürstentümle mit allem, was fleucht und kreucht, kann ja gar nicht ohne dich existieren. Du bist der Jungbrunnen für ganz Schwarzenfels.«

Sie küßte ihn lachend.

»Also wie Gott will. Und nun halt dich nit länger auf. Behüt Gott und auf Wiedersehn. Ich fahr' zur Beisetzung mit hinaus nach Falkenhausen. Da sehen wir uns wieder.«

X

Zu derselben Zeit, als Prinz Joachim seiner Tante von Prinzeß Lolo erzählte, zog am Prinzessinnenschlößchen ein grauhaariger, hagerer Herr mit einem kurzen Spitzbart und einer goldnen Brille vor den Augen die Glocke. Daß da ein unerwarteter Besuch Einlaß begehrte, merkte man daran, daß nicht Bielke in Uniform und weißen Handschuhen die Tür öffnete, sondern das Hausmädchen Meta.

Sie blickte den alten Herrn, der sie mit scharfen Augen musterte, verwundert an, als er sagte, daß er Ihre Durchlaucht, Prinzeß Lokandia Wengerstein zu sprechen wünsche. Sie ließ ihn jedoch in den Flur eintreten und bat ihn, zu warten, als er ihr seine Karte einhändigte. Meta hatte feuchte Hände und faßte die Karte vorsichtig an. Dann begab sie sich in den Salon der Prinzessin Renate. Dort befanden sich außer dieser auch Prinzeß Lolo und Fräulein von Birkhuhn. Ihre Durchlaucht hatte beide zu sich befohlen, um ihnen allerlei Aufträge zu erteilen. Meta händigte gewohnheitsgemäß der Prinzessin Renate die Karte ein, bemerkte jedoch, daß der Herr Prinzeß Lolo zu sprechen wünsche.

Die drei Damen sahen erstaunt auf, am erstauntesten Prinzeß Renate. Sie war es gewöhnt, daß alle Besuche nur ihr galten. Unschlüssig blickte sie auf die Karte herab: »Justizrat Dr. Hofer«. Dann sah sie in Prinzeß Lolos erstauntes Gesicht.

»Das beruht jedenfalls auf einem Irrtum. Der Besuch gilt wahrscheinlich mir. Führen Sie den Herrn herein, Meta.«

Gleich darauf stand der Justizrat an der Schwelle.

Er verneigte sich artig, ein wenig steif und zeremoniell. Dann ging er ruhig und sicher einige Schritte auf Prinzeß Lolo zu.

»Ich habe die Ehre: Ihre Durchlaucht Prinzeß Lokandia Wengerstein, nicht wahr?«

Prinzeßchen sah ihn betreten, beinahe hilflos an.

»Ja, das bin ich, Herr Justizrat, indes – da ist meine Schwester; ohne Zweifel gilt Ihr Besuch meiner Schwester.«

»Eure Durchlaucht gestatten gütigst – nein. Ich habe Ihrer Durchlaucht, Prinzeß Lokandia Wengerstein, eine wichtige Eröffnung zu machen und bitte um eine Unterredung.«

»Meine Schwester hat natürlich keine Geheimnisse vor mir – und Fräulein von Birkhuhn ist ihre Erzieherin«, sagte Prinzeß Renate hastig. Sie brannte vor Neugier, versteckte das jedoch unter einer hochmütigen Miene.

Der Justizrat verneigte sich mit einem unbeschreiblichen Blick auf die stolze Dame, und sich ruhig wieder an Prinzeß Lolo wendend, sagte er:

»Wenn Eure Durchlaucht befehlen, kann ich meinen Auftrag auch vor Zeugen ausrichten.«

Prinzeß Lolo atmete beklommen, sagte aber freundlich:

»Bitte, nehmen Sie Platz, Herr Justizrat, und ich bitte, mir in Gegenwart meiner Schwester und meiner Erzieherin zu sagen, was Sie zu mir führt.«

Er heftete einen forschenden Blick auf ihr liebes, junges Gesicht und lächelte. Dann rückte er, um Erlaubnis bittend, einen Sessel nahe an den Tisch heran und legte seine Aktenmappe vor sich hin. Die drei Damen saßen ihm mit gespannter Erwartung gegenüber. Er öffnete die Mappe und nahm ein Schriftstück heraus. Nachdem er sich diskret geräuspert hatte, begann er:

»Eure Durchlaucht gestatten gütigst, daß ich gleichzeitig ein Schriftstück vorlege. Es ist das Testament des am 29. Juli, nachts 2 Uhr verstorbenen Grafen Heinrich von Falkenhausen.«

Prinzeß Lolo fuhr erblassend auf.

»Graf Falkenhausen ist tot?« fragte sie erschrokken, und große Tränen perlten ihr aus den Augen.

»So ist es, Durchlaucht!«

»Ach – wie traurig, wie sehr traurig. Er war mir einst ein lieber, väterlicher Freund.«

Prinzeß Renate räusperte sich und sah die Schwester strafend an ob dieses Gefühlsausbruches vor Fremden. Sie fühlte sich ohnedies in ihrer Rolle als Nebenperson durchaus nicht am Platze, und wenn sie nicht so neugierig gewesen wäre, hätte sie längst das Zimmer verlassen.

Prinzeßchen erschrak vor dem strafenden Blick und wischte hastig die Tränen fort.

Der Justizrat hatte diese stumme Szene wohl beobachtet. Da er im Auftrag des Grafen Falkenhausen zuweilen Erkundigungen über die beiden Schwestern eingezogen hatte, wußte er wenigstens oberflächlich, wie die Verhältnisse hier lagen.

»Graf Falkenhausen ist bis zum Tod Eurer Durchlaucht treuer, väterlicher Freund geblieben, wenn ihn auch das große Leid seines Lebens zum Einsiedler machte. Wie sehr er Eurer Durchlaucht in herzlicher Liebe zugetan war, beweist sein Testament«, sagte er wärmer, als es sein Geschäft verlangte.

Prinzeß Renate maß ihn mit hochmütigen Blicken.

»Bitte – wollen Sie nicht zur Sache kommen, Herr Justizrat?«

Dabei brannten ihre Augen vor Ungeduld.

Der Justizrat warf einen schnellen Blick über die Brille in das verkniffene, hochmütige Frauengesicht. Stumm, mit einem leicht ironischen Lächeln verneigte er sich. Dann warf er noch einen Blick in Birkhühnchens unruhige, angstvolle Augen, und zuletzt blieben seine Augen auf Prinzeß Lolos Gesichtchen ruhen, das noch immer von unterdrücktem Weinen zuckte.

»Eure Durchlaucht gestatten also, daß ich das Testament jetzt verlese?«

»Bitte sehr, Herr Justizrat«, sagte Prinzeßchen leise und befangen. Sie wußte gar nicht, was das alles bedeuten sollte, und empfand nur schmerzlich, daß sie einen Freund weniger auf der Welt hatte.

Der Justizrat rückte an seiner Brille und sagte:

»Graf Falkenhausen hat mich vor seinem Tod beauftragt, Euer Durchlaucht selbst das Testament vorzulesen und in seinem Namen zu versichern, daß er bei Abfassung des Testaments nach bestem Wissen und Gewissen alles bedacht und mit liebevoller Anhänglichkeit alles zum Wohl Eurer Durchlaucht erwogen hat. Er läßt Eurer Durchlaucht, der Tochter seiner geliebten und verehrten Jugendfreundin, durch mich einen letzten herzlichen Gruß übermitteln. Und nun will ich beginnen.«

Laut und deutlich, langsam jede Silbe betonend, las er das Testament vor.

Der Eindruck, den diese Verlesung auf seine Zuhörer machte, war unbeschreiblich. Prinzeß Lolo wurde abwechselnd blaß und rot und atmete erregt, wie im Fieber. Birkhühnchen saß wie im Taumel auf ihrem Stuhl und ihr Kopf zitterte so heftig, daß sie sich fest anlehnen mußte. Dabei war ihr aber, als müsse sie laut aufjubeln, denn von alledem behielt sie nur eins: Ihr Prinzeßchen machte eine reiche Erbschaft. Einzelheiten vermochte sie nicht zu erfassen, dazu war sie nicht imstande. Sie betete nur immerzu heimlich vor sich hin: »Lieber Gott, laß es kein Traum sein, laß es kein Traum sein.«

Am meisten war Prinzeß Renate durch dieses Testament überrascht. Ihr Gesicht überzog sich wie das einer Toten mit gelber, wächserner Farbe, und wie im Tod erstarrt war jeder Zug darinnen. Nur in den Augen lag ein glimmender Ausdruck unversöhnlichsten Hasses. Wie Gift fraßen sich die Worte des Grafen Falkenhausen in ihr Herz, die so deutlich bewiesen, wie teuer ihm Lolo und ihre Mutter gewesen waren. Ganz deutlich wurde ihr eine Stunde dadurch ins Gedächtnis zurückgerufen. Da hatte sie mit giftiger Anklage ihrem Vater zugeflüstert: »Graf Falkenhausen liebt deine Frau, und sie liebt ihn wieder.« Das war nach jenem Besuch in Falkenhausen gewesen, von dem Prinzeß Lolo Prinz Joachim erzählt hatte. Wie ein Spion hatte Prinzeß Renate damals ihre Stiefmutter und Graf Falkenhausen umschlichen, und jedes warme Wort der Verehrung hatte sie häßlich gedeutet und dem Vater entstellt hinterbracht. Das hatte den Vater zuerst gegen seine zweite Frau eingenommen, seit jener Zeit begann die Entfremdung zwischen Lolos Eltern.

Und auch jetzt dachte Prinzeß Renate wieder gehässig: Nur weil Graf Falkenhausen Lolos Mutter liebte, hat er sie zu seiner Erbin gemacht. Ein namenloser Gram schüttelte sie. Neidvoll mißgönnte sie der Schwester den Reichtum, der ihr plötzlich zufiel, aber noch mehr mißgönnte sie ihr die Heirat mit Prinz Joachim von Schwarzenfels.

Sie hätte aufspringen und das Testament zerreißen mögen. Und wenn sie damit hätte diese Erbschaft ungültig machen können, so hätte sie es in ihrer Wut sicher getan. Kaum vermochte sie ruhig sitzen zu bleiben.

Nachdem der Justizrat geendet hatte, herrschte lange Zeit atemloses Stillschweigen. Niemand sprach ein Wort, niemand wollte zuerst sprechen. Dr. Hofer blickte abwechselnd von einem der drei Frauengesichter zum andern. Er war ein guter Menschenkenner und verstand in diesen Gesichtern zu lesen.

Nach einer Weile faltete er die Abschrift zusammen und überreichte sie Prinzeß Lolo. Diese wich jedoch leichenblaß zurück.

»Nein – nein, bitte nicht! Das kann ja alles nicht sein und – «

Sie preßte die Hände aufs Herz und sprang auf. Und dann rief sie plötzlich angstvoll:

»Ich mag Prinz Joachim nicht heiraten, niemals!«

Dr. Hofer lächelte beruhigend.

»Das alles ist Eurer Durchlaucht zu überraschend gekommen. Eure Durchlaucht können sich ruhig bedenken, erst am achten August soll Eurer Durchlaucht Verzicht oder Annahme in einer schriftlichen Erklärung bei mir eintreffen. Ich bitte sehr, daß Eure Durchlaucht diese Abschrift erst in aller Ruhe noch einmal durchsehen. Es soll keinerlei Zwang oder Beeinflussung auf Eure Durchlaucht ausgeübt werden – wie also auch die Entscheidung fällt, so bin ich auf alle Fälle zum Sachwalter Eurer Durchlaucht in dieser Angelegenheit bestellt worden und bitte Eure Durchlaucht, sich in allen Fragen an mich wenden zu wollen.«

Er legte die Abschrift in Prinzeß Lolos zögernde Hände.

»Haben Eure Durchlaucht sonst noch irgendwelchen Wunsch oder Befehl?«

Prinzeßchen schüttelte matt das Köpfchen.

»Nein, Herr Justizrat. Ich bitte nur sehr um Entschuldigung für mein Benehmen. Das ist alles so überraschend, so unfaßbar für mich. Ich muß erst ruhig darüber nachdenken. Und – ich kann das Testament noch einmal durchlesen. Es enthält so viele liebe, gute Worte für mich. Und es war so namenlos gütig von Graf Falkenhausen, daß er so liebevoll meiner gedacht hat. Aber eins ist sicher, diese Erklärung kann ich schon heute abgeben, ich verzichte darauf, die Gemahlin des Prinzen Joachim zu werden. Nie werde ich in diesem Punkt anderen Sinnes werden.«

Der Justizrat verbeugte sich.

»Diese Erklärung ist, wie gesagt, erst gültig, wenn sie am achten August schriftlich in meine Hände gelangt. Eure Durchlaucht haben die Güte, diese Erklärung in einem eingeschriebenen Brief am siebenten August an meine Adresse aufzugeben. Diese Adresse ist auf dem Umschlag der Abschrift genau vermerkt. Aber selbst für den Fall, daß Eure Durchlaucht Verzicht leisten, fällt Ihnen als Erbschaft eine Summe von einer halben Million Mark und der Falkenhausensche Familienschmuck, gleichfalls im Wert von einer halben Million, zu. Und da ich bis zu Eurer Durchlaucht Mündigkeit dies Vermögen zu verwalten habe, wird mir voraussichtlich noch oft die Ehre zuteil werden, mit Eurer Durchlaucht zu verhandeln. Heute dürfte mein Geschäft hier zu Ende sein und ich bitte gehorsamst, mich empfehlen zu dürfen, da ich in Falkenhausen dringend erwartet werde.«

Prinzeß Lolo reichte ihm schnell und impulsiv die Hand.

»Ich danke Ihnen herzlich für Ihre Mühe, Herr Justizrat, und – und ich werde Ihnen meine Entscheidung pünktlich zugehen lassen.«

Der alte Herr küßte mit sichtlichem Behagen die kleine bebende Mädchenhand, und aus seinen sonst so kühl blickenden Augen flog ein warmer, freundlicher Blick über das junge Gesicht.

Mit zeremonieller Verbeugung verabschiedete er sich von den beiden anderen Damen und verließ das Zimmer.

»Dieser Prinz Joachim ist ein beneidenswerter Glückspilz. Zu dem fürstlichen Erbe auch noch so ein entzückendes Geschöpf«, dachte er dabei.

Prinzeß Lolo sah eine Weile gedankenverloren hinter ihm her. Dann strich sie hastig das Haar aus der Stirn und faßte instinktiv, wie Halt suchend, nach Fräulein von Birkhuhns Hand. Aber diese brauchte selbst einen Halt und umklammerte sie mit krampfhaftem Druck.

Nun richtete Prinzeß Lolo zaghaft ihren Blick auf das Gesicht der Schwester. Aber sie erschrak bis ins innerste Herz vor dem haßerfüllten Ausdruck desselben.

»Renate – was sagst du nun zu alledem?« fragte sie leise.

Da kam endlich Leben in Prinzeß Renates Gestalt. Sie erhob sich steif, und das wächserne Gesicht höhnisch verziehend, sagte sie rauh und heiser:

»Was geht das mich an, es ist deine Angelegenheit.«

»Renate!« rief Prinzeßchen mit schmerzlichem Ausdruck.

Prinzeß Renate warf den Kopf zurück und verließ das Zimmer, weil sie sich nicht länger zu beherrschen vermochte. Drüben in ihrem Schlafgemach warf sie sich mit wilder Gebärde über ihr Lager und krallte die Hände in die Kissen, während sich die Zähne fest in die Lippen gruben, um den Ausbruch der Wut zu ersticken.

Prinzeß Lolo floh, als sie gegangen war, in Birkhühnchens Arme.

»Hilf du mir, Liebe, Gute, ich kann das allein nicht fassen.«

Die alte Dame streichelte zitternd das goldene Gelock.

»Kindchen – ach Kindchen, wenn das nur nicht ein Traum ist«, flüsterte sie fassungslos.

An dieser Haltlosigkeit erstarkte Prinzeß Lolo. Sie richtete sich auf, und in ihren Sonnenaugen lachte schon wieder ein Fünkchen Übermut.

»Ein Traum ist's sicher nicht, Birkhühnchen. Sieh doch, hier liegt das Schriftstück. Du, so ein Stück Papier kann doch ungeheuer wichtig aussehen, nicht? Aber das eine ist gewiß: den Prinzen heirate ich nicht.«

»Aber Kind, er ist aus regierendem Hause, und er soll ein sehr hübscher und liebenswürdiger junger Herr sein. Und dann das schrecklich viele Geld und dieser kolossale Grundbesitz. Außer Falkenhausen noch zwei große Güter. Das mußt du dir doch überlegen«, ermahnte das alte Fräulein zaghaft.

Prinzeßchen sah mit verträumtem Lächeln vor sich hin.

»Da gibt es nichts zu überlegen, das weißt du doch. Soll ich meinem Herzen untreu werden um Geld und Gut? Da kennst du mich doch besser.«

Fräulein von Birkhuhn seufzte steinerweichend.

»Lieber Gott, natürlich geht dein Glück über alles – obwohl, wenn du Baron Schlegell nicht kennengelernt hättest . . . na ja doch, ich bin schon still. Und wenn du durchaus nicht magst, dann hilft es eben nichts. Da wollen wir uns auch gar nicht weiter darum kümmern. Es ist ja auch ohnedies schon ein so himmelhohes Glück für dich. Wie war es doch gleich, Kindchen, was wirst du erben, wenn du den Prinzen ausschlägst? Mir geht das alles wie ein Mühlrad im Kopf herum. Es schwirren eine Unmenge Zahlen vor meinen Augen. Wie war es doch?«

Prinzeß Lolo entfaltete eilig das Schriftstück.

»Komm, laß uns nachsehen. Ich weiß gar nichts mehr, als daß es unmenschlich viel Geld war. Der gute, liebe Graf Falkenhausen! Hast du gehört, er hatte gewünscht, daß ich seines Sohnes Frau werden sollte. Georg Falkenhausen war auch ein so lieber Mensch. Aber weißt du, so lieb und gut und so hübsch und lustig wie Baron Schlegell war er doch nicht. Oder vielleicht habe ich es damals noch nicht so verstanden. Also nun gib acht, nun lese ich dir das alles noch einmal ganz langsam vor.«

Die beiden Köpfe beugten sich über die Abschrift, und Prinzeß Lolo las halblaut, Wort für Wort noch einmal den ganzen Wortlaut des Testamentes durch. Als sie zu Ende war, umarmte sie stürmisch das alte Fräulein.

»Birkhühnchen, jetzt fang ich erst an, mich zu freuen. Weißt du, der gute Prinz Joachim mag getrost all das andere allein besitzen, wenn ich ihn nur nicht zu heiraten brauche. Eine halbe Million gehört mir und noch für eine halbe Million Schmuck. Also bin ich plötzlich eine richtige Millionärin geworden. Lieber Himmel, was soll ich wohl mit diesem Geld anfangen? Aber schön ist es doch. Denk nur, von Renate brauche ich nun nichts, gar nichts mehr, sie kann ruhig die Pension für sich allein verwenden. Ich gebe ihr auch gern etwas ab von meinem Reichtum, denn sie ist doch immerhin meine Schwester. Na, und du sollst es gut haben, Birkhühnchen! Jawohl, ein Herrenleben sollst du führen, dafür laß mich jetzt sorgen. Und du bleibst immer bei mir, auch wenn – nun, du weißt –, wenn er mich heimholt. Du mußt mitkommen. Jetzt bin ich ja reich, komme nicht mehr mit leeren Händen zu ihm, bin kein bettelarmes Prinzeßchen mehr. Sag mal, kannst du dir vorstellen, wie viel Geld das ist, eine halbe Million? Ich nicht. Lieber Gott – mir ist ganz wirr im Kopf.«

Birkhühnchen nickte.

»Mir auch, Kindchen. Und nun bedenke nur, wie reich du erst würdest, wenn du den Prinzen heiratetest.«

Prinzeß Lolo lachte.

»Ich gönne es dem Prinzen. Er weiß sicher besser damit umzugehen als ich.«

»Aber wenn er nun auch ›nein‹ sagt? Es könnte ja sein, daß er auch sein Herz schon verschenkt hat. Dann bekämst du das Gut Neuendorf und noch viel, viel mehr Geld, denn dann soll doch alles zwischen euch geteilt werden.«

Prinzeß Lolo schüttelte fast ängstlich den Kopf.

»Ich mag gar nicht mehr haben, da muß einem ja angst und bange werden. Mir ist ohnedies schon zumute, als schwebte ich in der Luft und hätte keinen Boden mehr unter den Füßen.«

So hockten sie nun noch eine Weile dicht beieinander, das junge und das alte Kind. Sie übertrafen einander im Pläneschmieden und in glückselig-törichten Betrachtungen. Klar wurden sie heute beide nicht im Kopf. Sie fielen aus einer Erregung in die andere, lachten und weinten, berieten und verwarfen und fanden kein Ende. Sie vergaßen ganz, daß sie sich in Prinzeß Renates Salon befanden, der ihnen sonst geheiligter Boden sein mußte. Birkhühnchen übertraf das Prinzeßchen noch in phantastischen Träumen. Und an Unerfahrenheit wetteiferte sie mit ihr. Ein großer Praktikus war sie nie gewesen, dieses ängstliche, kleine, verhutzelte Birkhühnchen. Es war schließlich gut, daß das Hausmädchen Meta die beiden durch die Mitteilung, daß die Suppe aufgetragen sei, wieder auf realen Boden herabholte.

Wie aus einem Traum erwachend, starrten sie Meta an, die wie der verkörperte Alltag in ihre gehobene Stimmung hineinplatzte.

Langsam gingen sie hinüber ins Speisezimmer und warteten auf Prinzeß Renate. Und dabei wurde ihnen wieder sehr unbehaglich zumute. Zu stark war der Druck, den Prinzeß Renate allezeit auf diese weichen Gemüter ausgeübt hatte. Wohl winkte ihnen jetzt in absehbarer Zeit eine Befreiung von diesem Druck, aber das kam ihnen wohl gar nicht zum Bewußtsein. Außerdem kannten sie beide Prinzeß Renate zu gut, um nicht zu wissen, daß diese ihnen so viel Wermut wie möglich in den Freudenbecher träufeln würde.

Als Ihre Durchlaucht endlich eintrat, erschrak Prinzeß Lolo, so entsetzlich blaß und verfallen sah die Schwester aus. Aber diese hatte sich wenigstens so weit ausgetobt, daß sie sich wieder in der Gewalt hatte.

Äußerlich ruhig und gelassen, nahm sie ihren Platz am Tisch ein und ließ sich zu einigen Worten herbei, die fast wie eine Entschuldigung und ein Glückwunsch klangen. Prinzeß Lolo war viel zu glücklich und froh, als daß sie lange hätte über das Wesen der Schwester nachgrübeln sollen. Sie plauderte so aufgeregt, wie sie es sonst nie in deren Gegenwart gewagt hätte, und Fräulein von Birkhuhn fiel einige Male aus der Rolle der strengen Mentorin. Prinzeß Renate war aber zu sehr mit ihren eigenen bösen Gedanken beschäftigt, als daß sie sonderlich darauf geachtet hätte. Nur eins prägte sie sich mit Befriedigung ein: daß Lolo immer wieder versicherte, Prinz Joachim nicht heiraten zu wollen.

So war doch wenigstens die Segensfülle, die auf die verhaßte Schwester herniederströmte, nicht gar so groß. Es wäre ihr unerträglich gewesen, wenn diese die Gemahlin eines Prinzen aus regierendem Hause und Herrin eines fürstlichen Besitzes geworden wäre. Dann wäre sie, die Tochter einer Fürstin aus regierendem Hause, völlig in den Hintergrund gedrängt worden. Um das zu verhindern, wäre sie fähig gewesen, ein Verbrechen zu begehen. Gottlob, daß ihr das Schicksal wenigstens das erspart hatte. Es war ohnedies genug, was sie mit ihrer haß- und neiderfüllten Seele ertragen mußte.

Obwohl Prinzeß Lolo wußte, daß Renate sie nicht liebte, wäre sie doch entsetzt gewesen, hätte sie jetzt einen Blick in die Seele der Schwester tun können.

Prinzeß Lolos leidenschaftliche Versicherung, niemals die Gemahlin des Prinzen Joachim werden zu wollen, erweckte übrigens in ihrer Schwester den Verdacht, daß Baron Schlegell eine Rolle bei dieser Weigerung spielte. Die kleine Szene im Park fiel ihr wieder ein, wobei sie gesehen hatte, daß sich die Schwester und der Baron bei den Händen hielten. Schon da war ihr blitzartig der Gedanke gekommen, daß sich zwischen den beiden eine Liebelei angesponnen haben könne. Sie hatte nur auf eine passende Gelegenheit gewartet, ihre Schwester damit in die Enge zu treiben. Daß sich alles hinter Fräulein von Birkhuhns Rücken abgespielt hatte, bezweifelte sie keinen Augenblick. Und jetzt kam ihr diese Liebelei, wenn sie wirklich bestand, sehr zustatten. Der Baron würde kaum daran denken, sie fortzusetzen, nun er abgereist war. Aber Lolo würde ihm sentimental die Treue halten wollen und verzichtete in ihrer Verliebtheit auf ein reiches Erbe und die Hand des Prinzen.

»Wie das erste beste kleine Bürgermädchen. Sie hat keinen Funken Stolz in sich, und das fürstliche Blut in ihren Adern wird siegreich durch das ihrer Mutter bekämpft«, dachte sie befriedigt und zugleich verächtlich.

XI

Die Ereignisse im Prinzessinnenschlößchen schienen sich überstürzen zu wollen. Schon am nächsten Nachmittag, als Prinzeß Lolo mit Fräulein von Birkhuhn im Park spazierenging und Prinzeß Renate in böser Laune in ihrem Salon auf dem Diwan lag, kam ein Expreßbote von der Post und brachte zwei Schreiben. Prinzeß Renate hatte sich erhoben und nahm sie selbst in Empfang. Der eine der Briefe war an sie selbst gerichtet, der andere an ihre Schwester. Sie quittierte über beide Schreiben, und als sie dann wieder allein war, betrachtete sie dieselben eine Weile unschlüssig. Der an sie adressierte Brief hatte ein offizielles, amtliches Aussehen, der an die Schwester gerichtete trug eine Fürstenkrone im Siegel und den Poststempel Schwarzenfels.

Ein höhnisches Lächeln verzerrte ihr Gesicht.

»Anscheinend von diesem Prinz Joachim. Hat er es so eilig, sich die Braut zu sichern – oder fürchtet er ihre Zusage? Vielleicht will er sich mit Lolo verständigen«, dachte sie und legte vorläufig diesen Brief auf den Tisch.

Dann erbrach sie das an sie gerichtete Schreiben. Es war die Anfrage, ob sie gesonnen sei, die Priorinnenwürde in dem Kaiserin-Elisabeth-Stift anzunehmen. Dieser Brief schien besänftigend auf ihre Stimmung zu wirken. Ein stolzes Leuchten brach aus ihren Augen. Das war ein mit fürstlichen Ehren und einem glänzenden Einkommen verbundenes Amt, nach dem sie schon längst mit begehrlichen Augen ausgeschaut hatte. Sie atmete auf. Diese Genugtuung war ihr das Schicksal schuldig nach dem Schlag, der gestern ihr neiderfülltes Herz getroffen hatte. Sofort, ohne sich zu besinnen, schrieb sie eine zusagende Antwort und ließ das Schreiben zur Post bringen.

Hocherhobenen Hauptes schritt sie im Zimmer auf und ab. Mochte nun Lolo ruhig mit ihrer halben Million diesen Baron Schlegell heiraten, wenn er wirklich ernste Absichten haben sollte; ihr Glanz als Priorin des Elisabethstiftes würde den der Schwester verdunkeln, sie brauchte nun nicht in Armut und Dürftigkeit hinter ihr zurückstehen. Denn von Lolo etwas anzunehmen, hätte ihr Stolz nie zugelassen, obwohl sie skrupellos all die Jahre deren Einkommen mit für sich verbraucht hatte. Das hatte sie als das Recht der Erstgeburt in Anspruch genommen. Nun löste sich der krampfartige Druck, der seit gestern ihre Brust zusammengepreßt hatte, ein wenig. Sie konnte wieder freier atmen und mußte nicht an Haß und Neid ersticken.

Als sie auf ihrer siegberauschten Promenade durch das Zimmer am Tisch vorüberkam, riß sie mit ihrem Ärmel den Brief, der an die Schwester gerichtet war, herab. Sie bückte sich danach und hob ihn auf. Wieder betrachtete sie ihn von allen Seiten. Und da erwachte das Verlangen in ihr, diesen Brief zu lesen, ehe ihn die Schwester in die Hände bekam. Sie mußte wissen, was Prinz Joachim dieser zu schreiben hatte. Denn sie bezweifelte nicht einen Augenblick, daß er der Absender war.

Ohne langes Besinnen eilte sie zur Tür und schloß sie ab. Dann öffnete sie behutsam das Kuvert an der Seite, ohne das Siegel zu verletzen. Die gummierten Flächen klebten nur lose aufeinander, es machte gar keine Schwierigkeiten, die Seitenklappe des Umschlags zu öffnen.

Dann zog sie den Inhalt heraus. Anscheinend war dem Brief eine Photographie beigelegt. Sie lächelte höhnisch:

»Der Prinz scheint es eilig zu haben, sich seiner künftigen Gemahlin im Bild vorzustellen«, dachte sie und zog neugierig die Photographie heraus. Aber erstaunt und betroffen blickte sie in die wohlbekannten Züge des Barons Schlegell. Er war zwar in Uniform, aber doch unverkennbar.

Ehe sie sich jedoch von ihrem Staunen erholt hatte, erblickte sie plötzlich unter dem Photo eine Unterschrift:

»Prinz Joachim seinem geliebten Prinzeßchen.«

Ein heiserer Wutschrei entquoll ihren Lippen und das Bild flog, fortgeschleudert, auf den Teppich nieder. Mit aufgeregt zitternden Händen entfaltete sie nun den Brief. Wie im Wahnsinn funkelten die sonst so kalten Augen, als sie die Überschrift las:

»Mein angebetetes, inniggeliebtes Prinzeßchen, meine teure Lolo!«

Und nun hieß es weiter:

»Ein Blick auf das beiliegende Bild und seine Unterschrift wird Ihnen bereits einen Teil meiner Beichte ablegen. Ich bin unter falscher Flagge in Ihr Heim, und – so hoffe ich mit innigstem Wunsch – auch in Ihr Herz eingedrungen. Wie das alles gekommen ist, teure, geliebte Lolo, das soll Ihnen mein Schreiben berichten, da ich leider nicht selbst zu Ihnen eilen kann. Wie gerne käme ich selbst, um Ihnen in Worten zu sagen, was Ihnen meine Augen, mein ganzes Wesen bereits verraten haben müssen, daß ich Sie liebe mit grenzenloser Innigkeit, und daß ich unsagbar glücklich sein werde, wenn Sie Ihre geliebte kleine Hand vertrauensvoll in die meine legen wollen. Und Sie werden es tun, teure Lolo. Ihre lieben Sonnenaugen sind mir holde Verräter geworden, ich weiß mich geliebt von Ihnen, denn Ihre reinen Augen sind keiner Lüge fähig. Und Ihre Hand ruhte so treu und liebevoll in der meinen. Ich kenne mein geliebtes Prinzeßchen und weiß, daß sie ohne Zaudern das glänzende Erbe des Grafen Falkenhausen ausschlagen würde, weil sie Prinz Joachim mit in Kauf nehmen müßte – wenn sie eben nicht wüßte, daß Prinz Joachim kein anderer ist als Baron Schlegell. Liebes, Süßes, wäre nicht die Angst in mir, daß Du meine Hand ausschlagen würdest, so hätte ich diesem Brief nicht mein Fühlen und Hoffen anvertraut. Ich wäre, sobald ich abkommen konnte, zu Dir gekommen, hätte Dich in meine Arme genommen und Dir alles gesagt, was ich nun niederschreiben muß. Vor dem achten August kann ich aber keinesfalls hier fort, obwohl meine Sehnsucht nach Dir unendlich groß ist. Ach, wie nichtssagend ist so ein Brief. Deine Antwort hole ich mir selbst – aus Deinen Augen, von Deinen Lippen. Du sollst nichts tun, als Justizrat Dr. Hofer erklären: ›Ich nehme die Hand des Prinzen Joachim an.‹ Ist das geschehen, so eile ich, sobald ich loskommen kann, zu meiner herzlichen Braut. Ich hole sie mir aus dem Tuskulum.«

Nun folgte eine ausführliche Beichte, wie und warum er als Baron Schlegell nach Weißenburg und in das Prinzessinnenschlößchen gekommen war. Der Brief klang dann in einer nochmaligen Versicherung heißer Liebe und Treue aus und war unterzeichnet: »Dein Joachim.«

Prinzeß Renate hatte die Worte mit einem Gefühl

ohnmächtigen Grimmes gelesen. Unbeschreibliche Gefühle durchtobten ihre Brust und nichts vermochte sie jetzt über den fressenden Neid hinwegzutragen, der ihre Seele zerfleischte. Stöhnend fiel sie in einen Sessel zurück und ließ den Brief kraftlos aus ihren Händen gleiten. So saß sie eine Weile. Aber dann sprang sie jäh wieder empor.

»Nein – nein, das darf nicht sein! Das wäre mein Tod, ich ertrüg' es nicht«, knirschte sie zwischen den Zähnen hervor.

Sie lief wie gejagt im Zimmer umher, wie auf der Flucht vor ihren eigenen fürchterlichen Gedanken.

»Wie sie mich hintergangen hat, die Schlange, wie sie leichtsinnig hinter meinem Rücken eine Liebelei angezettelt hat. Und das soll ich geschehen lassen? Sie soll die Gemahlin dieses Prinzen werden, der sich hier eingeschlichen hat?

Nein – nein – nein!

Aber wie soll ich es hindern? Was soll ich tun? Ich muß es verhindern, muß – und wenn – «

Sie blieb stehen und schauerte zusammen. Mit dem Fuß stieß sie nach des Prinzen Photographie. Seine lebensfrohen Augen blickten zu ihr empor. Sie bohrte die ihren haßerfüllt hinein. Und dann kreisten ihre Gedanken weiter in wilder Flucht.

»Also ich vermutete recht. Um diesem Baron Schlegell die Treue zu halten, will sie den Prinzen ausschlagen. Sie ahnt nicht, daß er selbst dieser Prinz ist. Wenn sie diesen Brief nicht erhält, dann bleibt sie bei ihrer Weigerung. Und er glaubt sich nicht geliebt, dann – «

Sie bückte sich hastig nach dem Bild und dem Brief und schob beides mit zitternden Händen in das

Kuvert zurück. Mechanisch schloß sie den gummierten Streifen wieder, so gut es ging.

Lange sah sie darauf nieder, und in ihren verzerrten Zügen spiegelte sich eine ganze Skala von Empfindungen wider. Und plötzlich warf sie den Brief mit einer jähen Bewegung weit von sich, als verbrenne er ihre Hände. Er flog durch das Zimmer und glitt dann an der Wand herunter hinter einen Schrank, der breit und massig die eine Wand des Zimmers zur Hälfte einnahm. Dieser Schrank wurde einst von dem Vater der Prinzessinnen zugleich als Bücherschrank und Schreibtisch benutzt. Er war das einzige kostbare Möbel in diesem Salon, das sie sich natürlich angeeignet hatte. Er paßte gar nicht recht in den Raum, verlieh ihm aber dennoch ein gewisses Gepräge von Vornehmheit. Hinter diesem schweren Möbel lag nun Prinz Joachims Brief, als sei er nie dagewesen.

Prinzeß Renate hatte ihn hinter dem Schrank verschwinden sehen. In ihren starren Augen blitzte es triumphierend auf. Das Schicksal entschied selbst. Sie brauchte nichts zu tun, als den Brief in seinem Versteck zu belassen – wer mochte wissen, in welch ferner Zeit er da wieder zum Vorschein kam. Das schwere Möbel wurde beim Reinigen des Zimmers nie abgerückt.

»Aus meiner Hand soll sie diesen Brief nicht erhalten, das ist gewiß. Mag er in seinem Versteck liegen, so lange er will. Bis die Entscheidung gefallen ist, wird er sicher nicht mehr zum Vorschein kommen«, dachte sie mit einem Gefühl der Erleichterung. Mochte nun werden, was da wollte, sie hatte ihre Rache. Wofür sie sich eigentlich rächen wollte, war ihr nicht klar, aber sie redete sich ein, Veranlassung zur Rache zu haben, weil Lolo sie hintergangen hätte. So beschönigte sie einigermaßen ihre gewissenlose Handlungsweise.

Einige Stunden später traf Prinzeß Renate mit ihrer Schwester und Fräulein von Birkhuhn am Teetisch zusammen. Sie berichtete mit stolzer Genugtuung von ihrer Ernennung zur Priorin des Kaiserin-Elisabeth-Stiftes.

Prinzeß Lolo gratulierte ihr herzlich. Sie war in ihrer Herzensfreude geneigt, allen Groll gegen die Schwester zu vergessen.

»Ich freue mich sehr, Renate, daß nun auch für dich die Zeit des Sparens und Knauserns vorbei ist. Selbstverständlich bin ich gern bereit, dir von meinem Überfluß abzugeben, aber – «

Sie konnte nicht weitersprechen, ihre Schwester fuhr auf und sah sie empört an.

»Bitte kein Wort weiter! Almosen anzunehmen, wirst du mir hoffentlich nicht zumuten. Auch wenn sich mir diese glänzende Position nicht geboten hätte, würde ich ein solches Angebot als Beleidigung aufgefaßt haben.«

Prinzeß Lolo wurde dunkelrot und warf einen hilflosen Blick auf Fräulein von Birkhuhn.

»Verzeih – ich wollte dich gewiß nicht kränken«, sagte sie leise.

Auf Birkhühnchens Stirn erschienen rote Flecke, ein Zeichen höchster Erregung bei ihr. Sie hätte Ihrer Durchlaucht gern zugerufen: »Aber daß du deiner Schwester jahrelang das Ihre entzogen hast, das hat dich nicht erniedrigt.«

Sie beherrschte sich jedoch, obwohl ihr sehr kriegerisch zumute war.

Prinzeß Renate neigte verzeihend und herablassend den Kopf. Es erschien sogar der Schatten eines Lächelns auf ihrem Gesicht. Und mit etwas prahlerischer Ausführlichkeit erzählte sie von den fürstlichen Ehren, die ihr in ihrem neuen Wirkungskreis bevorständen. Die gesättigte Eitelkeit sprach aus ihren triumphierend blitzenden Augen. Im Lauf des Gesprächs fragte sie dann, die Schwester fest ansehend:

»Ist es nun, nach reiflicher Überlegung, immer noch dein Ernst, daß du die Hand des Prinzen Joachim ausschlagen willst?«

Prinzeß Lolo atmete tief auf.

»Ja, mein voller Ernst.«

»Nun, ich will dir da weder zu-, noch abreden, das ist deine Angelegenheit allein. Aber immerhin ist es sonderbar, daß du eine so glänzende Partie ausschlägst. Das wäre doch nur verständlich, wenn du – nun, wenn dein Herz schon anderweit gefesselt wäre. Das ist aber doch wohl bei dir nicht anzunehmen.«

Prinzeßchen wurde dunkelrot und verriet sich dadurch.

»Ich will nun einmal nicht. Der Prinz ist mir ganz fremd – ich bleibe bei meinem Verzicht.«

»Das ist, wie gesagt, deine Angelegenheit. Aber wie gedenkst du in Zukunft dein Leben einzurichten? Ich muß schon in wenigen Tagen im Elisabethstift eintreffen und werde vorher auch noch ein oder zwei Tage in Berlin Aufenthalt nehmen, um allerlei nötige Anschaffungen zu machen.«

»Oh, ich werde vorläufig ruhig hierbleiben. Oder meinst du, der Herzog könnte, wenn er von unserer veränderten Lage hört, anders über das Prinzessinnenschlößchen verfügen?«

»Schwerlich. Nach dieser elenden Baracke wird so leicht niemand Verlangen haben.«

»Es war uns doch eine Heimat, Renate, und wir waren froh, als wir hier ein Obdach fanden.«

»Bah, du magst dich hier wohl gefühlt haben mit deinen unbedingt etwas plebejischen Neigungen. Ich nicht! Aber lassen wir das. Jedenfalls wird dich der Herzog nicht vertreiben, so lange du hier bleiben willst. Übrigens – da du nun Kapitalistin wirst, könntest du dir ein behaglicheres Heim schaffen. Um aber auf etwas anderes zu kommen: Weil ich nun keine Verwendung mehr für Fräulein von Birkhuhn habe, kann dieselbe als Anstandsdame bei dir bleiben.«

Auf diese bequeme Weise suchte sich Ihre Durchlaucht einer alten, unermüdlich in ihrem Dienst tätig gewesenen Untergebenen zu entledigen.

Prinzeß Lolo wollte schon Birkhühnchen mit liebevoller Umarmung an sich ziehen. Aber die alte Scheu vor den kalten Augen der Schwester hielt sie im Bann. So sagte sie nur ruhig:

»Gewiß kann Fräulein von Birkhuhn bei mir bleiben. Sie hat sich all die Jahre mit Einsetzung ihrer Persönlichkeit in unserem Dienst gemüht und soll nun nicht auf ihre alten Tage, wo sie nicht mehr so viel schaffen und arbeiten kann, heimatlos werden. Hat sie die Armut klaglos mit uns getragen, so soll sie nun auch die guten Zeiten miterleben.«

Ihrer Durchlaucht stieg bei dieser verblümten Zurechtweisung das Blut ins Gesicht. Einesteils vor Ärger über Lolos Auftreten, andernteils vor Scham, denn sie wußte sehr wohl, wie sehr sie das alte Fräulein ausgenutzt hatte. In ihrem Charakter siegte jedoch eine Eigenschaft immer über alles andere, das war ihre grenzenlose Eigenliebe. Neben ihrer Person verschwand alles andere. Was ging sie das fernere Wohl und Wehe der alten Dame an. Sie brauchte sie nicht mehr, also wurde sie rücksichtslos zur Seite geschoben.

Um ihre wenig vornehme Handlungsweise zu bemänteln, sagte sie scharf:

»Du hast jedenfalls doppelte Ursache, Fräulein von Birkhuhn in etwa zu entschädigen, da sie in erster Linie deine Erzieherin war. Ein leichtes Amt war das nicht, weiß ich das doch von mir selbst. Meine schönsten Jahre hab' ich dir und deiner Erziehung zum Opfer bringen müssen. Jetzt möchte ich endlich auch einmal an mich selbst denken.«

Prinzeß Lolo starrte ihre Schwester sprachlos an. Diese Lesart war ihr neu und überraschend. Daß ihr Renate Opfer gebracht haben sollte, erschien ihr ganz undenkbar. Und daß Fräulein von Birkhuhn immer in erster Linie von Renate in Anspruch genommen wurde, wußte sie nur zu gut. Eine Antwort fiel ihr aber in diesem Augenblick nicht ein.

Dafür richtete sich aber jetzt das alte Fräulein in kriegerischer Haltung empor. Eine brennende Röte stieg in ihr kleines verhutzeltes Gesicht. Daß Ihre Durchlaucht sie wie einen verbrauchten Handschuh beiseite warf, hätte sie ruhig hingenommen, daß sie aber jetzt von Opfern sprach, die sie der Schwester gebracht haben wollte, während sie gewissenlos Lolos Jugend und Wehrlosigkeit ausgebeutet hatte, um sich gute Tage zu schaffen und die Schwester zu unterdrücken, das ging selbst dieser geduldigen Seele über das Erträgliche hinaus, und im Vorgefühl kommender Freiheit empörte sie sich in dieser Stunde gegen ihre bisherige Despotin. Mit verhaltener, bebender Stimme sagte sie, Ihre Durchlaucht fest ansehend:

»Was Eure Durchlaucht da eben gesagt haben, ist doch wohl nicht ganz richtig. Ich möchte bemerken – «

Was sie bemerken wollte, kam nicht mehr aus ihrem Mund.

Prinzeß Renates Gesicht in diesem Augenblick war unbeschreiblich. Mit einem unglaublich empörten, erstaunten und impertinenten Ausdruck fixierte sie Fräulein von Birkhuhn durch ihr Lorgnon. Unter diesem Blick sank das arme Birkhühnchen, das seinen ganzen kriegerischen Mut mit einem Mal verpufft hatte, schon wieder ängstlich in sich zusammen.

»Was wollen Sie bemerken, meine Liebe?« sagte Ihre Durchlaucht mit kalter, hohngetränkter Stimme, ohne den Blick von ihr zu lassen. »Ich muß doch sehr bitten! Sie scheinen zu verkennen, in welcher Stellung Sie sich hier im Haus befinden. Anscheinend ist Ihnen meine Schwester durch die unerwartete Erbschaft mit einem Mal sehr ans Herz gewachsen! Meine Schwester wird das zu würdigen wissen.«

Fräulein von Birkhuhn saß wie vernichtet und über ihre eigene Kühnheit erschrocken in ihrem Sessel und ihr Köpfchen zitterte heftig. Aber Prinzeß Lolo sprang auf und trat neben sie, ihren Arm wie schützend um ihre Schulter legend. Stolz hob Prinzeßchen den Kopf und blickte die Schwester furchtlos an. Jetzt war der Augenblick gekommen, wo sie mit Renate abrechnen konnte. Alles wurde in dieser

Stunde wieder lebendig, was sie durch die Lieblosigkeit der Schwester erduldet hatte.

Völlig beherrscht, aber mit klingender Stimme sagte sie, Birkhühnchen fest an sich ziehend:

»Du irrst, Renate, nicht durch diese Erbschaft bin ich Fräulein von Birkhuhn ans Herz gewachsen, sondern durch meine Hilflosigkeit, in die mich all die Jahre deine lieblose Tyrannei versetzte. Ich kann auch sagen: Du gedachtest es böse mit mir zu machen, aber Gott hat es gut gemacht. Fräulein von Birkhuhn hat erkannt, wie armselig mein Leben war, und wie ich darben mußte an Liebe und allem, was das Leben auch des ärmsten Menschen licht und warm macht. Sie hat in treuer Fürsorge heimlich ihre schützende Hand über mich gehalten, und wenn ich nicht ein elendes, verkümmertes Geschöpf geworden bin, so danke ich es ihr. Nicht erst jetzt hat sie mich an ihr gutes, treues Herz genommen wie eine zweite Mutter, sondern schon all die Jahre, die sie in unserem Haus ist.

Nur weil wir deine Tyrannei fürchteten, versteckten wir unsere Liebe zueinander. Du hättest mir ja sonst sicher diese Stütze, diesen Halt genommen und ich wäre untergegangen – ein Opfer deines Hasses.

Ja, Renate, einmal muß ich es aussprechen, was ich stets empfunden habe. Unsere Wege trennen sich jetzt bald, vielleicht für immer. Du hast mich gehaßt, wie du auch meine arme Mutter mit deinem Haß verfolgt hast bis zu ihrem frühen Tod. Nein, schweig – jetzt rede ich und lasse mich nicht unterbrechen, bis ich dir alles gesagt habe.

Du hast mir die Liebe meines Vaters genommen, hast ihn durch deine hochmütige Aufwiegelei so weit gebracht, daß er sich meiner und meiner Mutter schämte. Oh, ich weiß alles und habe trotz meiner Jugend klar genug dein Wesen durchschaut. Als der Vater dann gestorben war und wir hier eine Heimat fanden, hast du mir keineswegs, wie du sagtest, Opfer gebracht. Nein, du hast dir den größten Teil alles dessen angeeignet, was mir von Rechts wegen zukam. Ich mußte deine abgelegten Kleider tragen, damit du dich schmücken konntest.

Fast alles hast du für dich verwandt – nicht einmal sattessen durfte ich mich in dem Alter, da der Körper einer kräftigen Nahrung bedarf. Wenn ich Fräulein von Birkhuhn nicht gehabt hätte und andere treue Seelen, die sich meiner Not erbarmten, dann wäre ich heute ein an Geist und Körper verkommenes Geschöpf. Heimlich hat man mir die so nötigen Nahrungsmittel zugesteckt und liebevoll hat man sich meiner angenommen. Dein Verdienst ist es nicht, daß ich heute gesund und kräftig vor dir stehe, und Opfer hat es dich nicht gekostet.

So – das alles mußte ich dir einmal sagen, ich habe lange auf diese Stunde gewartet. Vielleicht hätte ich aber dennoch geschwiegen – wenn du mir nicht diese treue Seele verunglimpft und ihrem Tun so unlautere Motive unterschoben hättest. Das durfte ich nicht leiden. Und nun habe ich dir nichts mehr zu sagen.«

Prinzeß Lolo fiel wie erschöpft vor Aufregung in ihren Sessel zurück. Ihre Schwester hatte sie einige Male zu unterbrechen und mit ihren Blicken einzuschüchtern versucht, aber vergebens. Diese stürmische Anklage war über sie dahingebraust, wie ein Wildbach, der den Damm durchbrochen hat. Wortloser Grimm und offenkundiger Haß entstellten ihr Gesicht. Sie erhob sich mit einem Ruck und sagte kalt und schneidend:

»Es entspricht deinen plebejischen Anschauungen, daß du mit den Domestiken gemeinsame Sache machst. Deine dramatische Anklage hat mir interessante Aufschlüsse gegeben über ein Komplott, das du gemeinsam mit den Dienstboten gegen mich geschmiedet hast. Aber überrascht hat mich das nicht; gleich und gleich gesellt sich gern. Auf deine Anschuldigungen auch nur mit einem Wort einzugehen, dazu bin ich zu stolz. Du hast mir eben den Beweis geliefert, daß ich dich in noch viel strengerer Zucht hätte halten müssen. Aber es wäre wohl bei deinen Anlagen und bei deiner niederen Denkungsart alles nutzlos gewesen. Wir sind nun fertig miteinander – für alle Zeit.«

Und sich zu Fräulein von Birkhuhn wendend, fuhr sie fort:

»Ihre Dienste nehme ich nicht einen Augenblick länger in Anspruch. Gottlob bin ich nur noch wenige Tage genötigt, mit Menschen unter einem Dach zu leben, die mich jahrelang schamlos hintergangen haben.«

Birkhühnchen fand unter diesen schneidenden Worten ihren Mut wieder und wollte sich auflehnen. Ehe sie aber ein Wort hervorbringen konnte, schloß sie Prinzeß Lolo fest in die Arme.

»Still, Birkhühnchen – sag kein Wort mehr. Was gesagt werden mußte, ist gesagt. Wir wollen diese häßliche Szene nicht noch verlängern.«

Prinzeß Renate rauschte mit einem höhnischen, haßerfüllten Ausdruck im Gesicht hinaus und warf die Tür unsanft ins Schloß.

Fräulein von Birkhuhn zitterte am ganzen Körper. Sie wollte sich losreißen.

»Kindchen, laß mich ihr nach – mag werden, was da will, aber sie soll nicht über dich triumphieren. Ich will ihr die stolze Maske vom Gesicht reißen, damit sie sich in ihrer ganzen Erbärmlichkeit sieht. Ich will ihr die Wahrheit sagen, dann soll sie erkennen, wer von euch beiden die niedrigere Gesinnung hat.«

Prinzeß Lolo hielt sie aber fest.

»Du bleibst und regst dich nicht mehr auf. Hier setz dich her, und ich gebe dir deine Tropfen, du zitterst ja am ganzen Körper. Willst du mir krank werden? Weißt du nicht, wie notwendig ich dich brauche? Komm, laß uns diese häßliche Szene vergessen. Wir werden kaum noch viel mit Renate zusammentreffen; die wenigen Tage, die sie noch hier ist, können wir ihr ausweichen. So nun bleib ganz ruhig, du sollst nichts, gar nichts mehr tun, als dich pflegen zu lassen.«

Birkhühnchens Erregung machte sich in Tränen Luft.

»Ach, Kindchen, mein liebes, gutes Kindchen – was bist du für ein goldnes Geschöpf. Wieviel edler und besser bist du als deine Schwester! Sie hätte mich ruhig vor die Tür gesetzt, nun sie mich nicht mehr braucht. Und du – du bist ein Engel, ein leibhaftiger Engel.«

Prinzeßchen lachte unter Tränen.

»Ei du Musterexemplar einer Erzieherin. Willst du mich eitel und hoffärtig machen?«

»Nein, nein – aber siehst du, das Herz geht mir in Stücke, wenn ich's nicht sagen darf.«

Prinzeßchen nahm ihr das Taschentuch aus den zitternden Händen und trocknete ihr die Tränen.

»Nun sehe einer dies närrische Birkhühnchen an! Willst du wohl ruhig sein! Jetzt legst du dich ein Stündchen nieder und ruhst dich aus. Ich gehe zu Bielke hinüber und bitte ihn, hier im Haus ein wenig zu helfen, damit Meta meiner Schwester zur Verfügung steht. Du – Bielke war doch rein närrisch vor Freude, als ich mich gestern als künftige Millionärin vorstellte. Ich glaube, er hat sich gestern abend einen Schwips gekauft, denn er kam singend und etwas unsicher auf den Beinen durch den Park. Ich saß am Fenster und konnte vor Glückseligkeit nicht einschlafen. Immer mußte ich denken: Wie schön, jetzt bist du kein armes Prinzeßchen mehr.«

So plauderte Lolo, um ihre alte Erzieherin von der häßlichen Szene abzulenken, obwohl sie in ihr selbst noch nachzitterte.

Als sie dann Birkhühnchen auf einen Divan gebettet hatte, sagte sie ernst: »Morgen wird Graf Falkenhausen beigesetzt. Weißt du – ich würde so gern dabei sein, um an seiner Gruft zu beten. Aber da ist sicher eine so glänzende Trauergesellschaft beisammen, und ich würde vor Scheu nicht wissen, was ich tun sollte. So will ich hier für ihn beten und ihm im Herzen danken für seine Güte. Er hat meinem Leben mit einem Mal eine glückliche Wendung gegeben. Es heißt zwar: Reichtum macht nicht glücklich, aber dies Sprichwort haben sicher Menschen erfunden, die nicht wußten, wie bitter Armut sein kann. Sieh, wenn Baron Schlegell nun arm wäre und keine arme Frau heiraten könnte – man weiß ja nicht, ob es so ist –, dann würde mir doch diese Erbschaft zu meinem Glück verhelfen. Meinst du, daß er bald etwas von sich hören läßt?«

»Wir wollen es hoffen, Kindchen. Schade ist es doch, daß du den Prinzen nicht magst.«

Prinzeß Lolo küßte lächelnd die alte Dame.

»Ich mag ihn aber nun einmal nicht!«

Dann ging sie schnell hinaus, und auf ihren jungen, weichen Zügen lag ein sehnsüchtiger Glanz.

Mit großer Wichtigkeit und Genauigkeit hatte Prinzeß Lolo das Schreiben an Justizrat Dr. Hofer abgefaßt, in dem sie ihren Verzicht auf die Hand des Prinzen Joachim aussprach. Nun wurde dieser Verzicht in einem eingeschriebenen Brief abgesandt. Prinzeßchen trug ihn mit Birkhühnchen zusammen selbst zur Post.

An demselben Tag reiste Prinzeß Renate ab, begleitet von einer neuen Kammerzofe, die sie für sich engagiert hatte. Die übrige Bedienung sollte sie im Stift vorfinden. Ihre Durchlaucht hatte in diesen Tagen eine fieberhafte Tätigkeit entfaltet. Die Köchin, Bielke und das Hausmädchen wurden ohne Unterlaß von ihr hin und her gejagt mit allerlei Aufträgen. Ihre Koffer hatte bereits die neue Zofe gepackt.

Die Mahlzeiten hatte sie in ihrem Zimmer eingenommen, und wenn sie einmal zufällig Fräulein von Birkhuhn oder ihrer Schwester im Park begegnete, dann sah sie über diese beiden Menschen, die es gewagt hatten, ihr die Wahrheit zu sagen, hinweg, als ob sie Luft wären. Auch als sie zur Abreise fertig war, hatte sie mit Lolo nur noch eine kurze kühle Unterredung, die sich auf Äußerlichkeiten bezog.

Triumphierend hatte sie der Schwester nachgesehen, als diese mit dem Brief an Dr. Hofer zur Post ging. Nun wußte sie, daß der Würfel gefallen war. Prinz Joachims Brief steckte noch hinter dem Bücherschrank. Wurde er da eines Tages gefunden – wer wollte ihr dann beweisen, daß sie es gewesen, der ihn in dieses Versteck geschleudert hatte? Jedenfalls war es dann zu spät. Lolo hatte den Verzicht abgeschickt. Prinz Joachim würde ihre Weigerung, ihn zu heiraten, für eine deutliche Antwort auf seinen Brief halten und sich trotz seiner Zuversicht ungeliebt glauben. Ein bindendes Wort oder auch nur ein Geständnis gegenseitiger Liebe hatte nicht stattgefunden, also konnte er an einen Irrtum glauben, wenn er angenommen hatte, daß Lolo ihn liebte. Jedenfalls würde er dann bald eine andere Gemahlin heimführen, und Lolo würde vergeblich auf die Rückkehr oder auf eine Nachricht von Baron Schlegell warten. Fand sich dann später einmal der Brief, dann war es zu spät.

Und wollte sie die Schwester dann für das Verschwinden des Briefes verantwortlich machen – bah, sie war doch nicht verpflichtet, auf diesen Brief zu achten. Sie hatte ihn eben irgendwo hingelegt in der Zerstreutheit und nicht mehr daran gedacht. Wie er dann hinter den Bücherschrank geriet? Nun, man hatte ihn beim Packen vielleicht heruntergeworfen.

So hatte sich Renate das alles zurechtgelegt. Es erfüllte sie mit Genugtuung, der Schwester dieses Leid zuzufügen. Wenn sie an jenem Tag, da sie den Brief empfangen hatte, noch einigermaßen im Zweifel gewesen war, ob sie ihn wieder aus seinem Versteck hervorholen und Lolo aushändigen sollte, so war dieser Zweifel von ihr gewichen nach der Szene mit der

Schwester und Fräulein von Birkhuhn. Lolos nur zu wahre Worte hatten sie vollends mit Haß erfüllt. Sie hatte nur ihre Rache vorweggenommen und fühlte sich befriedigt in diesem Bewußtsein. Als sie nach einigen geschäftsmäßigen Bemerkungen mit steifem Gruß das Zimmer verlassen wollte, trat Prinzeß Lolo impulsiv an sie heran.

»Renate – laß uns nicht in dieser Weise auseinandergehen. Wir wollen vergessen, was war. Laß uns ohne Groll und in Frieden scheiden. Reich mir die Hand! Ich wünsche dir alles Glück für die Zukunft«, sagte sie mit bebender Stimme und blassem Gesicht.

Renates Blick glitt kalt und abweisend über sie hinweg.

»Laß die Komödie! Ich heuchle keine Gefühle, die ich nicht empfinde. Deinen Glückwunsch brauche ich nicht, ich kann ohne ihn fertig werden.«

»Renate! Um unsres Vaters willen – wir sind doch Schwestern, Renate.«

Da fuhr Renate mit einem Ausdruck glühenden Hasses nach ihr herum.

»Erinnere mich nicht an den Vater. Du und deine Mutter – ihr habt euch zwischen uns gedrängt. Ich hasse dich«, zischte sie zwischen den Zähnen hervor und verließ schnell das Zimmer.

Prinzeß Lolo stand unbeweglich auf derselben Stelle und drückte die Hände auf das bang und schwer klopfende Herz. Dann hörte sie den Wagen mit Renate fortfahren. Da sank sie in einen Stuhl und weinte bitterlich. Trotz allen Grolls hatte sie in einem Winkel ihres weichen Herzens die Schwester dennoch geliebt. Ein gutes Wort hätte alles ausgelöscht, was diese ihr zugefügt hatte. Aber sie ging von ihr, Worte des Hasses auf den Lippen als letzten Abschiedsgruß. Das tat ihr sehr weh.

Birkhühnchen kam aufgeregt hereingeflattert und fand Lolo in Tränen. Zitternd strich sie über das goldene Haar.

Auch von ihr hatte sich Prinzeß Renate mit schneidenden Worten verabschiedet. Und auch Birkhühnchens weiches Herz litt darunter. Sie wäre, gleich Lolo, so gern bereit gewesen, zu vergeben und zu vergessen.

Nun saßen sie zusammen und weinten, und das Herz tat ihnen weh über diesen kalten Abschied.

XII

Prinz Joachim war nach der Beisetzung des Grafen von Falkenhausen in die Residenz zurückgekehrt. Er hatte jedoch täglich mehrere Konferenzen und Zusammenkünfte mit Justizrat Hofer und den Verwaltern von Falkenhausen, Neuendorf und Schaffenstein. Er wurde allseitig schon als künftiger Herr von Falkenhausen angesehen, da man wußte, daß er gewillt war, die Testamentsbestimmungen zu erfüllen. Für den Nachmittag des achten August war im Falkenhausener Schloß, einem herrlichen alten Bau im Renaissancestil, eine würdige Feier geplant, die einesteils dem Andenken des verstorbenen Grafen gelten, andernteils den neuen Herrn in seine Rechte einsetzen sollte.

Die beiden entscheidenden Schreiben von Prinz Joachim und Prinzeß Lolo waren zur festgesetzten

Zeit in die Hände des Justizrats Dr. Hofer gelangt. Gleich hierauf hatte sich dieser nach Falkenhausen begeben. Und nun erwartete er, feierlich im Frack, inmitten der obersten Beamten, in der großen Schloßhalle Fürst Egon, Prinz Joachim und Prinzeß Sibylle. Die hohen Herrschaften hatten ihr Erscheinen auf drei Uhr festgesetzt.

Pünktlich fuhren die beiden Hofwagen in die mit Glas überdachte Auffahrtshalle ein und hielten vor dem wundervollen alten Portal, über dem das Wappen der Grafen Falkenhausen in Stein gemeißelt war.

Im ersten Wagen saßen der Fürst und Prinzeß Sibylle. Im zweiten Wagen hatte neben Prinz Joachim der Adjutant des Fürsten, Baron Heller, Platz genommen. Ehrfurchtsvoll wurden die hohen Herrschaften von dem Beamtenkorps begrüßt. Seine Durchlaucht reichte leutselig dem Justizrat und dem Verwalter Seltmann die Hand. Prinzeß Sibylle sprach einige freundliche Worte mit der langjährigen Hausdame des Grafen Falkenhausen. Aber aller Augen richteten sich doch auf das hübsche offene Gesicht des Prinzen Joachim. Er sah etwas ernster aus als sonst, und in seinen Augen leuchtete ein heimliches, tiefes Glück. Hoffte er doch, in wenig Minuten von Dr. Hofer zu vernehmen, was seinem Glück erst die höchste Vollendung geben sollte – daß Prinzeß Lolo sich bereit erkläre, ihm ihre Hand fürs Leben zu reichen. Nachdem die feierliche Begrüßung vorüber war, bat Dr. Hofer Seine Durchlaucht und Prinz Joachim, ihn zur Erfüllung der letzten Formalitäten in das Arbeitszimmer des verstorbenen Grafen zu begleiten.

Prinzeß Sibylle unternahm inzwischen mit der

Hausdame einen Rundgang durch das ganze Schloß. Es waren herrliche, kostbar ausgestattete Räume, deren vornehme, gediegene Pracht zur Genüge bewies, daß die Grafen Falkenhausen nicht nur sehr reiche, sondern auch kunstliebende und kunstverständige Herren gewesen waren. Trotz aller Pracht war nirgends ein Zuviel. Überall war man auf eine diskret vornehme Wirkung bedacht gewesen. In der Ahnengalerie gab es manchen geistvollen, interessanten Kopf, manches schöne, liebreizende Frauenbildnis zu sehen. Prinzeß Sibylle dachte mit einem humorvoll wehmütigen Lächeln an die fadenscheinige Einrichtung im Schwarzenfelser Schloß. Was war das für ein Unterschied! Hier waren die Räume mit wahrhaft fürstlicher Pracht ausgestattet – und im Fürstenschloß wohnte die verschämte Armut.

»Der Joachim wird aber nun schon dafür sorgen, daß auch das Schwarzenfelser Schloß wieder ein würdiges Aussehen erhält«, dachte sie lächelnd. Und sie freute sich dennoch darüber, trotz ihrer ironischen Bemerkungen über das Fürstentümle.

Inzwischen waren die drei Herren in das Arbeitszimmer des Grafen getreten. Hier legte Dr. Hofer zuerst dem Prinzen Joachim das Schreiben Prinzeß Lolos vor.

»Eure Durchlaucht sind durch diesen rechtsgültigen Verzicht der Prinzessin Lokandia Wengerstein der einzig berechtigte Universalerbe der Grafschaft Falkenhausen, der Güter Neuendorf und Schaffenstein, sowie des gesamten Barvermögens mit Ausnahme der ausgesetzten Legate und der Summe, die im Falle der Verzichtleistung samt den Familiendiamanten Prinzeß Wengerstein ausgesetzt wurde.«

Prinz Joachim war betroffen zusammengezuckt. Sein gebräuntes frisches Gesicht erblaßte und seine Augen sahen ungläubig in Dr. Hofers Gesicht.

»Gestatten Sie, Herr Justizrat – das kann doch nur ein Irrtum sein. Prinzeß Wengerstein kann unmöglich in dieser Weise entschieden haben.«

»Wollen Eure Durchlaucht sich selbst überzeugen: Hier ist das Schreiben Ihrer Durchlaucht der Prinzessin.«

Prinz Joachim griff hastig nach dem Schreiben und las den Inhalt in großer Erregung durch. Die klaren Schriftzüge und die genaue Ausdrucksweise verrieten, daß die Schreiberin bemüht gewesen war, recht deutlich und verständlich zu sein. Diese Worte ließen keine andere Deutung zu, als daß die Prinzessin auf die Hand des Prinzen Joachim in aller Form verzichtete.

Der Prinz ließ den Brief sinken und sah bestürzt zu seinem Vater hinüber.

»Verstehst du das, Papa?«

Fürst Egon las den Brief gleichfalls durch. Auch er schien einigermaßen betroffen zu sein.

»Ich sehe nur, daß der Verzicht in aller Form geleistet worden ist. Warum es geschehen ist – das verstehe ich weniger als du, da ich die Prinzessin nicht kenne und mir kein Urteil bilden kann.«

Dr. Hofer erklärte nun in seiner ruhig-sachlichen Art, daß Prinzeß Lolo bereits an dem Tag, da er ihr das Testament vorgelesen hatte, sehr energisch erklärt habe, niemals die Gemahlin des Prinzen Joachim werden zu wollen.

Prinz Joachim strich sich über die Stirn.

»Das ist mir verständlich, Herr Justizrat, damals

lagen Gründe für diese Weigerung vor – soweit ich urteilen kann. Aber jetzt, inzwischen, es muß ein Irrtum sein, unbedingt.«

Dr. Hofer zuckte die Achseln.

»Jedenfalls ist dieser Verzicht bindend, und Eure Durchlaucht sind von heute an hier unumschränkter Herr.«

Prinz Joachim mußte sich aufraffen, um der nun folgenden Verhandlung zu folgen. Aber während der geschäftlichen Auseinandersetzungen mußte er immerfort denken: »Warum hat sie mich verworfen? Ist das wirklich die Antwort auf meinen Brief?«

Nur mit Mühe konnte er den wichtigen Geschäften Aufmerksamkeit entgegenbringen. Jetzt erst fühlte er voll und ganz, wie unsagbar lieb und teuer ihm Prinzeß Lolo geworden war. Felsenfest hatte er daran geglaubt, daß sie seinen Brief mit einer freudigen Zusage an den Justizrat beantworten würde. Keine Ahnung hatte er, daß sein Brief überhaupt nicht in ihre Hände gelangt war, und daß gerade ihr Verzicht der höchste Beweis ihrer Liebe zu ihm war.

Fürst Egon warf zuweilen während der folgenden Verhandlungen mit dem Justizrat und mit den ersten Beamten forschende Blicke auf das Gesicht seines Sohnes. Es quälte ihn, daß der sonnige Frohsinn daraus verschwunden war. Auch er fragte sich vergebens, weshalb Prinzeß Lolo die Hand seines Sohnes ausgeschlagen hatte. Selbst wenn sie ihn nicht so liebte, wie es Joachim gewünscht und geglaubt hatte – mit seiner Hand schlug sie ja auch einen fürstlichen Besitz aus. Und dazu mußte doch auch eine ideal veranlagte junge Dame gewichtige Gründe haben.

Vater und Sohn konnten aber bis zum Abend kein ungestörtes Wort miteinander sprechen. Den geschäftlichen Verhandlungen folgte ein feierliches Diner in dem mit vornehmer Pracht ausgestatteten Speisesaal des Schlosses, an dem außer Sr. Durchlaucht Prinzeß Sibylle und Prinz Joachim auch die obersten Beamten, Dr. Hofer und die Hausdamen teilnahmen.

Prinz Joachim atmete auf, als das Mahl beendet war und er sich eine Stunde mit seinem Vater zurückziehen konnte. Auch Prinzeß Sibylle hatte mit sorgendem Blick immer wieder das Gesicht ihres Lieblings gestreift. Sie hatte von Prinzeß Lolos Verzicht gleichfalls mit ungläubigem Staunen vernommen. Während Vater und Sohn sich – um eine Zigarette zu rauchen – zurückgezogen hatten, machte Prinzeß Sibylle mit Dr. Hofer und der Hausdame eine Promenade durch den herrlichen Falkenhausener Park, von dessen Schönheit Prinzeß Lolo schon geschwärmt hatte. Und während dieser Promenade dachte sie angestrengt darüber nach, was Prinzeß Lolo wohl zu dem überraschenden Verzicht bewogen haben konnte.

»Natürlich hat sie es aus Liebe zu irgend jemandem getan. Wenn eine Frau so unklug ist, geschieht es immer aus Liebe. Wenn sie aber den Joachim nit liebt – wen liebt sie dann?«

Diese Fragen legte sie sich immer wieder vor.

Fürst Egon legte, als er mit seinem Sohn allein war, die Hand auf seine Schulter.

»Kopf hoch, Joachim! Du siehst aus, als wäre dir ein großes Unglück widerfahren, heute – wo du doch Herr geworden bist über diesen herrlichen Besitz. Ich gäbe mein Fürstentum hin für diese Grafschaft. Du bist beneidenswert und solltest dich nicht so niederdrücken lassen durch den Verzicht der Prinzessin.«

Prinz Joachim richtete sich aus seiner versunkenen Stellung auf.

»Papa, du weißt nicht, was sie mir geworden ist in jenen kurzen Wochen, weißt nicht, wie lieb ich sie habe. Und du kennst sie nicht und kannst meinen Schmerz nicht ermessen.«

»Du mußt dich aber doch getäuscht haben, als du annahmst, daß sie deine Gefühle erwiderte. Jedenfalls müssen doch sehr bestimmte Gründe gegen diese Verbindung in ihrer Seele wurzeln, sonst würde sie sicher nicht verzichtet haben.«

Prinz Joachim fuhr sich aufgeregt über die Stirn.

»Ich war meiner Sache sicher, so unbedingt sicher. Ihre Augen sprachen so deutlich aus, was ihr Mund verschwieg. Sie kann doch kein falsches Spiel mit mir getrieben haben. Warum sollte sie es auch getan haben?«

»Warum? Frage bei Frauen nach dem ›Warum‹ und du wirst selten eine Antwort bekommen. Man täuscht sich so oft in ihnen. Aber vielleicht hast du selbst dich getäuscht in diesem Fall. Man glaubt so gern, was man sich wünscht. Vielleicht brachte sie dir nur Freundschaft entgegen, während ihr Herz einem anderen gehörte.«

»Das kann ich nicht glauben – ich kann nicht«, erwiderte Joachim heftig.

In diesem Augenblick trat Prinzeß Sibylle ein.

»Was hältst du von der Angelegenheit mit Prinzeß Lolo?« fragte der Fürst seine Schwägerin.

Diese trat an Joachims Seite und streichelte seinen Kopf.

»Was ich davon halte? Nun, das will ich euch sagen: Der Joachim muß sofort nach Weißenburg fahren und die kleine Prinzeß fragen, weshalb sie ihn ausgeschlagen hat.«

»Joachim kann jetzt unmöglich hier fort. Auf Wochen hinaus ist er mit Geschäften überhäuft.«

Prinzeß Sibylle sah eine Weile nachdenklich auf die Stiefelspitze Seiner Durchlaucht herab. Dann sagte sie, noch immer nachdenklich, zu ihrem Neffen:

»Hast du wirklich die feste Überzeugung gehabt, daß dich Prinzeß Lolo liebt?«

Prinz Joachim hob den Kopf.

»Ich bin doch kein eingebildeter Narr, Tante Sibylle, der sich selbst betrügt.«

»Hm! Und deinen Brief an sie hast du eingeschrieben geschickt?«

»Eingeschrieben und durch Eilboten. Ich wollte ganz sichergehen.«

Wieder dachte Prinzeß Sibylle eine Weile nach, dann sagte sie forschend:

»Sag mal, Joachim – das Prinzeßchen wird dir doch den Mummenschanz nit übelgenommen haben? Ich meine, daß du dich unter fremdem Namen bei ihr eingeführt hast?«

»Das kann ich mir nicht denken, Tante Sibylle. Sie hatte mich doch auch düpiert, als ich sie kennenlernte!«

Prinzeß Sibylle ließ sich in einen Sessel nieder.

»Na weißt, mein Joachim – wir Frauen sind ein närrisches Volk. Manchmal macht es uns Plaisier, uns mit einer Marotte das Leben rechtschaffen schwer zu machen. Und gar erst, wenn man jung und verliebt ist. Ich weiß ja nit, ob das Prinzeßchen ein komplizierter Charakter ist.«

»Nein, nein, Tante Sibylle, sie ist so klar und lebensfrisch, so schlicht und natürlich – von einer problematischen Natur keine Spur.«

»Ja, ja – so hab' ich sie mir auch gedacht nach deiner Beschreibung. Aber irgend etwas steckt hinter der Geschichte. Das laß ich mir nit ausreden. Und ich weiß auch was. Eine großmächtige, tiefe Liebe nämlich, das ist mir gewiß. Ich weiß nur nicht, wer der Gegenstand dieser Liebe ist.«

Sie trommelte mit ihren schönen Händen, wie immer, wenn sie erregt war, einen lebhaften Marsch auf den Sessellehnen. Und dann blitzte es in den dunklen Augen plötzlich unternehmungslustig auf. Sie erhob sich rasch in ihrer anmutigen, noch so jugendfrischen Art und trat vor Joachim hin.

»Also jetzt will ich dir etwas sagen. Ich habe schon lange Lust, mir das Prinzeßchen einmal anzuschauen. Weißt, was ich tu? Ich reise – gleich morgen früh – mit meinem Bröschchen nach Weißenburg. Und da suche ich das Prinzeßchen auf. Vor meiner diplomatischen Begabung sollst du einen Respekt bekommen. Ich bring heraus, was da vorliegt, und dann sollst du schnell ganz genau wissen, woran du bist.«

Prinz Joachim sprang auf und faßte aufatmend ihre Hände.

»Ja ja! Liebe Tante Sibylle, ich danke dir! Du hast so geschickte Hände. Ich lege in sie mein Lebensglück hinein.«

»Alsdann muß ich fein sorglich damit umgehen.

Nun sei ganz ruhig, ich weiß schon, was ich tue, hab' schon meinen Plan. Und sobald ich herausbekommen hab', weshalb sie dich nit mag, erhältst du Bescheid.«

»Aber telegraphisch, Tantchen.«

»Das ist selbstverständlich, ich weiß doch, daß du die Minuten zählst.«

»Du bist ein Engel, Tante Sibylle.«

Sie lachte.

»Du, das laß Seine Durchlaucht nit hören, der ist anderer Ansicht.«

Fürst Egon küßte ihr galant die Hand.

»Ein Engel bist du gottlob nicht, Sibylle, das wäre auch schade. So temperamentvolle Engel gibt es nicht. Aber eine kluge, verständnisvolle Frau bist du immer gewesen und meinen Söhnen eine zweite, liebevolle Mutter.«

Sie wurde rot und sah unglaublich jung aus.

»Ach geh, Durchlaucht, mach mi nit gschamig. Hast doch manch liebes Mal gebrummt, wenn ich auf deine Prinzen einen zu temperamentvollen Einfluß ausübte.«

Fürst Egon seufzte.

»Bei Alexander mußte ich dir freilich Widerpart halten. Fürsten dürfen nicht zu impulsiv sein. Aber bei Joachim hab' ich dir doch allezeit freie Hand gelassen.«

Prinzeß Sibylle sah Joachim mit schiefgehaltenem Kopf kritisch an. Dann sah sie lachend zum Fürsten auf.

»Du, Durchlaucht, der ist mir aber auch geraten, gelt? Hast doch selber deine Freud' an ihm.«

Fürst Egons Augen strahlten vor väterlichem

Stolz. Er antwortete aber nicht und küßte ihr nur noch einmal die Hand.

Als Prinz Joachim später seinen Vater und Tante Sibylle an den Wagen geleitete – er selber blieb in Falkenhausen, wo er von heute ab seinen Wohnsitz nahm –, wollte er seiner Tante für ihre Mission noch einige Instruktionen geben. Sie machte jedoch eine abwehrende Bewegung.

»Still – kein Wörtl sagst mir mehr. Ich hab' meinen Plan und kenne ja deinen Herzensroman genau.«

Er drückte ihr die Hand.

»Einen Gruß kannst mir immerhin an das Prinzeßchen bestellen«, sagte sie lächelnd.

Er seufzte.

»Tausend sehnsuchtsvolle Grüße!«

»O mein! Da reis' ich mit schwerem Gepäck!« scherzte sie.

Dann reichte sie ihm aus dem Wagen noch einmal die Hand, die er an die Lippen zog. Mit einem freundlichen Gruß gegen die auf der Freitreppe aufgestellten Beamten und Diener fuhr der regierende Fürst mit Prinzeß Sibylle davon nach der zwei Stunden entfernten Residenz.

XIII

Prinzeß Lolo wartete, nachdem ihr Verzicht abgeschickt und die Schwester abgereist war, mit einiger Unruhe darauf, was nun das Schicksal bringen würde.

Zunächst traf schon am andern Tag ein Schreiben von Justizrat Hofer ein. Er bestätigte den Empfang ihres Schreibens und bat die Prinzessin, sich einige Tage mit der Erledigung der weiteren Angelegenheiten zu gedulden. Sobald er in Falkenhausen die nötigsten Geschäfte geregelt habe, würde er sich erlauben, nochmals persönlich bei Durchlaucht vorzusprechen, um die geschäftlichen Dinge zu ordnen. Vorläufig sei zu ihrer sofortigen Verfügung eine Summe bei einem näher bezeichneten Bankier in Weißenburg niedergelegt worden, wovon sie jederzeit abheben könne, soviel ihr beliebe.

Prinzeß Lolo eilte mit dem Brief zu Fräulein von Birkhuhn.

»So, Birkhühnchen, jetzt kann das Schlemmerleben losgehen. Da sieh, mit diesem Papier brauch' ich nur zum Bankier zu gehen, und gleich bekomme ich Geld, soviel ich haben will. Ach, Birkhühnchen, ob wir beide wohl mit Grazie Geld ausgeben können? Du, heute mittag muß Frau Bangemann eine feine Kalbskeule braten! Und Schokoladenpudding muß es zum Nachtisch geben! Was meinst du, ob ich mir ein neues Kostüm bei Schwendt kaufe – oder gleich zwei? Weißt du, so ein famoses englisches Trotteurkostüm, wie ich mir schon immer eins gewünscht habe. Und dann noch ein weißes aus solch duftigem Stoff, wie Renates neues Gesellschaftskleid. Schwendt ist ja ziemlich teuer – aber man bekommt doch gleich etwas Fertiges.«

Birkhühnchen war gleich Feuer und Flamme.

»Natürlich, Kindchen, ein paar gute Kleider mußt du haben. Es wird Zeit, daß du mal was Ordentliches anzuziehen bekommst.«

Prinzeßchen seufzte glücklich beklommen.

»Ach du – wie mir das sein wird, lauter neue Kleider, nicht aus zweiter Hand. Und du mußt natürlich auch neue Kleider bekommen. Dein Schwarzseidenes kracht nächstens auseinander. Und ein feines, schwarzes Tuchkleid bekommst du auch, damit du gut warm steckst. Und einen neuen Hut kaufen wir uns auch, und Stiefel und Handschuhe.«

»Gott Kindchen – nur nicht gleich so drauf los wirtschaften. Wir müssen doch erst mal von Dr. Hofer hören, wieviel du im Jahr ausgeben darfst. Ich hab' ja keine Ahnung.«

»Ach, ich glaube, es ist schrecklich viel – zehntausend Mark oder noch mehr. Vielleicht aber auch weniger. Aber zu einer neuen Equipierung für uns beide muß es jedenfalls reichen. Ein wenig leichtsinnig müssen wir im Anfang sein, damit wir wenigstens mal wissen, wie es ist, das Geldausgeben. Wir machen uns jetzt gleich auf den Weg. Was meinst du – tausend Mark kann ich mir doch fürs erste vom Bankier geben lassen?«

Birkhühnchen erschrak.

»Tausend Mark? Kind, das ist ja ein kleines Vermögen.«

Aber nachdem sie hin und her gerechnet hatten – die Köchin, Bielke und das Hausmädchen sollten doch auch eine Freude haben, und Prinzeßchen war so glücklich, einmal Geschenke einkaufen zu können –, sahen sie ein, daß tausend Mark kaum ausreichen würden.

»Es ist auch sicher nicht zu viel, Birkhühnchen, denke doch nur, ich bekomme eine halbe Million. Das sind fünfmal hunderttausend Mark«, sagte Prinzeßchen eifrig.

Und so gingen sie zum Bankier und holten tausend Mark. Das ging so glatt und leicht. Der Bankier machte gar keine Schwierigkeiten und stolperte vor Devotion über eine Unmenge »Durchlauchts« hinweg. Die guten Weißenburger wußten schon, daß Prinzeß Lolo eine große Erbschaft gemacht und daß Prinzeß Renate abgereist war. Sie stürzten nun an Tür und Fenster, um das Prinzeßchen zu sehen und möglicherweise einen Gruß zu erhaschen.

Prinzeß Lolo genoß mit der ganzen intensiven Seligkeit eines frohen Kindes diese erste Einkaufstournee. Und während sie mit Birkhühnchen von Geschäft zu Geschäft eilte, stellten sich immer neue Wünsche ein, deren Erfüllung sich als notwendig erwies. Einige neue bequeme Möbel mußte man unbedingt haben und für Frau Bangemann in die Küche einen Gasherd, den sie sich so sehnlichst wünschte. Und Bielke sollte einen mit Leder bezogenen Lehnstuhl bekommen und ein neues Vogelbauer für seinen Kanarienvogel. Und hübsche Häubchen und Schürzen für die Köchin und das Hausmädchen, auch eine goldene Brosche für Frau Bangemann wurde erstanden und für Bielke eine lange Pfeife mit dem Bildnis Bismarcks.

Es stellte sich heraus, daß die tausend Mark nicht reichten, man mußte nochmals zum Bankier gehen und tausend Mark holen.

Prinzeßchen fragte ganz verzagt, ob sie das zweite Tausend bekommen könne. Der Bankier versicherte, daß er ohne Schwierigkeiten das Zehnfache auszahlen könne. Birkhühnchen bremste aber entsetzt. Trotzdem verließ Prinzeß mit weiteren zweitausend Mark den Bankier.

»Kind«, stöhnte Birkhühnchen, »das sind ja nun schon dreitausend Mark.«

Prinzeßchen lachte ganz leichtsinnig.

»Du siehst doch, es macht gar keine Schwierigkeiten. Ach – und es ist so schön, so aus dem Vollen einkaufen zu können. Nein – heute darfst du mir kein Wort dreinreden. Jetzt gehen wir erst mal zu Konditor Zumpe und essen Windbeutel mit Schlagsahne. Du, die schmecken großartig, ich war einmal mit Renate dort. Und du trinkst eine Tasse Schokolade dazu – jawohl, bis mittag ist noch lange Zeit. Und nachher kauf' ich für dein Zimmer einen bequemen Diwan und neue Gardinen. Für mich wird Renates Salon zurecht gemacht. Und die Pelzschuhe bei Sanders kauf' ich doch noch für dich, damit du nicht immer kalte Füße hast im Winter.«

Birkhühnchens Protest half nichts. Er war auch nur schwach, denn dem guten, alten Fräulein stieg auch der Reichtum wie ein Rausch zu Kopfe. Prinzeß Lolo aß vier Windbeutel und überlegte dazwischen, was alles noch zu kaufen war. Heute sollte nur »das Nötigste« besorgt werden. Morgen und übermorgen waren ja auch noch Tage. Und dann sah das Prinzeßchen wieder ganz träumerisch auf den Marktplatz hinaus.

»Ob ich wohl bald Nachricht von ihm bekomme, Birkhühnchen? Meinst du nicht, daß er schon hätte von sich hören lassen können?«

Birkhühnchen meinte es auch. Und sie bauten in aller Eile ein paar Luftschlösser für die Zukunft.

Aber dann lockte doch wieder die Lust am Einkaufen, und man ging weiter.

Todmüde und glückselig wie die Kinder kamen sie

eine Stunde später als sonst zu Tisch. Zum Glück hatte Frau Bangemann die Verspätung vorausgesehen, und so kam die verschwenderische Kalbskeule in herrlichster Vollendung und Frische auf den Tisch. Trotz der vier Windbeutel tat ihr Prinzeßchen alle Ehre an. Auch der Schokoladenpudding kam noch zu seinem Recht.

Prinzeßchen freute sich nun auf das Eintreffen und Auspacken all der Einkäufe, die man ihr zuschicken wollte.

Nach Tisch ging sie mit Birkhühnchen in den Park, nachdem sie Befehl gegeben hatte, alle eintreffenden Pakete im Speisezimmer aufzustapeln. Die gekauften Möbel wurden erst in den nächsten Tagen geliefert.

Prinzeßchen geleitete Birkhühnchen, wie immer, zur Schlummerbank. Die Sonne schien so warm und hell, und das Mittagsschläfchen im Freien bekam dem alten Fräulein so gut. Prinzeß Lolo ging dann allein tiefer in den Park hinein und suchte ihr Tuskulum auf.

Sinnend schaute sie durch das Fenster in den Park. Heute würde keine frisch-fröhliche Männerstimme zum Fenster hereinrufen: »Grüß Gott, Prinzeß Lolo!« Ach – wann würde sie das wieder hören? Bang und sehnsuchtsvoll klopfte ihr Herz. Hier im Tuskulum schien ihre Seele dem Geliebten näher zu sein. Hatte sie doch hier ihre glücklichsten Stunden mit ihm verlebt.

»Wann wird er wiederkommen?«

Diese Frage legte sie sich wieder vor, wie schon so oft.

Birkhühnchen hatte gestern zu ihr gesagt: »Wenn

er aber nun nie wiederkommt, Mädchen, wenn er bloß sein Spiel mit dir getrieben hätte?«

Wie war da ihr Herz schmerzhaft zusammengezuckt. Nein – das konnte nicht sein. Sie hätte den Glauben an alle Menschen verlieren müssen. Er hatte ihr gesagt: »Ich komme wieder, oder ich sende Botschaft.« Daran wollte sie glauben, daran sich halten. Er konnte nicht gelogen haben. Dann aber stahl sich doch ein leises Zagen in ihre Seele. Wie oft war treue Liebe verraten worden, wie oft wurden gläubige Herzen betrogen! Wenn das auch ihr Schicksal sein sollte!

Sie sprang auf und streckte die Hände wie abwehrend aus. Ihr weiches, junges Gesicht bekam einen leisen Leidenszug, aus Angst und Sehnsucht gemischt. »Lieber Gott – er darf mich nicht vergessen oder verraten, nein, das läßt du gewiß nicht zu. Ich liebe ihn doch so sehr, so unsagbar. Und wenn ich ihm nicht angehören kann – dann – ach, dann freut mich die ganze Welt nicht mehr. Laß mir diesen einzigen Menschen, lieber Vater im Himmel, diesen einzigen, führe ihn zurück zu mir, ich bitte dich, so sehr ich kann.«

So betete sie in heißer Inbrunst und preßte die Hände aufs Herz, als fürchte sie, die Allmacht ihrer Liebe könnte ihr die Brust zersprengen.

Dann schloß sie wieder Tür und Fenster und ging langsam durch den Park zurück.

Als sie in der Nähe der Schlummerbank angekommen war, kam ihr Bielke aufgeregt entgegengelaufen.

»Prinzeßchen, Prinzeßchen – es ist Besuch da, Prinzeß müssen schnell ins Schlößchen kommen.«

Prinzeß Lolo machte ihm, nach der Schlummerbank hinüberzeigend, lebhafte Zeichen.

»Schreien Sie doch nicht so, Bielke, Sie wecken

mir ja Fräulein von Birkhuhn auf! Besuch ist angekommen? Doch nicht für mich?«

»Doch, für Durchlaucht.«

»Wer ist es denn, Bielke?«

»Ach Gott, ach Gott, Prinzeßchen werden staunen, eine hohe, vornehme Dame mit weißem Haar und schwarzen Augen. Eine Dienerin hat sie auch bei sich, und ich soll Prinzeßchen man melden, Prinzeß Sibylle von Schwarzenfels sei da.«

Prinzeß Lolo sah betroffen auf.

»Prinzeß Sibylle? Das ist doch nicht möglich«, sagte sie aufgeregt.

»Doch, Prinzeßchen, so sagte die Dame. Und nun sitzt sie im Salon und wartet. Meta wußte natürlich gar nicht mit so vornehmem Besuch umzugehen, und es war nur gut, daß ich da war. Ich sagte gleich: ›Eure Durchlaucht wollen gefälligst gütigst hier in den Salon treten und Platz nehmen, ich werde Ihre Durchlaucht Prinzeß Lolo sofort benachrichtigen, Ihre Durchlaucht ergehen sich eben im Park‹. Ja, so hab' ich gesagt, und da haben mich Durchlaucht auf die Schulter geklopft und mich mit den schwarzen Augen angelacht und gesagt: ›Es ist recht, lieber Bielke, rufen Sie mir Ihre Durchlaucht!‹ Wahrhaftig, ›lieber Bielke‹ hat sie gesagt. Ich möchte doch wissen, woher mich die durchlauchtigste Prinzessin gleich kannten? Das ist doch seltsam, Prinzeßchen, sehr seltsam. Ja, und dann hat die Durchlaucht noch gefragt, ob Ihre Durchlaucht Prinzeß Renate schon abgereist sind. Und da hab' ich geantwortet: ›Dank der Nachfrage, ja, Gott sei Dank.‹ Und da hat die hohe Frau gelacht und mir gewinkt, ich soll man gehen. Und da bin ich denn.«

Prinzeß Lolo war einigermaßen bestürzt. Was konnte dieser Besuch zu bedeuten haben? Prinzeß Sibylle hier in Weißenburg – in dem bescheidenen Prinzessinnenschlößchen?

Sie raffte sich auf.

»Bielke, gehen Sie hinüber und wecken Sie Fräulein von Birkhuhn, aber sanft und behutsam, daß sie nicht erschrickt. Und sie soll gleich nachkommen und sich bereithalten, daß ich sie rufen lasse. Ich gehe schon hinein, damit Ihre Durchlaucht nicht zu lange warten muß.«

»Schon recht, Prinzeßchen können sich ganz auf mich verlassen«, antwortete Bielke und fing schon jetzt an, auf den Fußspitzen zu balancieren, damit er die alte Dame nicht zu unsanft aus ihrem Schlummer weckte.

Prinzeß Lolo eilte ins Haus. Sie sah prüfend an sich herab. Eigentlich war sie gar nicht vorbereitet, so hohen Besuch zu empfangen. Sie trug den schlichten Faltenrock und eine Leinenbluse, wie immer im Haus. Aber umkleiden konnte sie sich natürlich nicht erst. Im Hausflur saß Frau Broschinger auf der weißlackierten Holzbank. Meta kam herbei und meldete Prinzeß Lolo nochmals den Besuch. Frau Broschinger erhob sich eiligst und machte einen Knicks, als sie hörte, daß Meta die junge, schlichte Dame mit »Durchlaucht« anredete.

Prinzeß nickte der alten Frau freundlich zu, hing ihren alten, verbeulten Strohhut an den Garderobenständer und strich sich vor dem Spiegel schnell ordnend über das Haar. Dann betrat sie den Salon, dessen Tür Meta öffnete.

Zögernd und mit klopfendem Herzen blieb Prinzeßchen einen Moment auf der Schwelle stehen. Die heitere Anmut der alten Dame, das frische Gesicht unter dem weißen Haar machten auf sie, wie auf jeden, der dieser seltenen Frau gegenübertrat, einen tiefen Eindruck. Mit einer höflichen Verbeugung trat sie grüßend näher.

»Durchlaucht verzeihen gütigst, daß ich warten ließ. Ich ahnte nicht – ich bitte sehr – ich bin ein wenig überrascht über die hohe Ehre ...«

Prinzeß Sibylle hatte mit einem strahlenden Blick das Prinzeßchen gemustert.

»Ein goldig Geschöpfchen – ich kann's dem Joachim nit verdenken, daß er sie liebt«, dachte sie wohlgefällig. Dann trat sie rasch auf Prinzeßchen zu und faßte ihre Hände.

»Ah – lassen wir alles Zeremoniell beiseite, Prinzeßchen Lolo. Ich freu' mich doch so sehr, das Prinzeßchen zu sehen. Gelt, nun schauen's mich verwundert an mit Ihren lieben Guckerln? Aber ich hab's nit mehr aushalten können vor Neugier, ich mußte mir das Prinzeßchen anschauen, das einen gar schmucken Prinzen und eine großmächtige Erbschaft ausgeschlagen hat. So etwas Rares sieht man nit alle Tage.«

Prinzeß Lolo wurde sehr rot, aber in ihren Augen zuckte schon der Übermut. Sie fühlte, Prinzeß Sibylle war Art von ihrer Art.

»Eure Durchlaucht werden trotzdem nichts Rares an mir zu sehen haben. Ich bin ein schlichtes, unscheinbares Ding. Aber ich freue mich sehr, daß mir Eure Durchlaucht die Ehre Ihres Besuches geben. Ich habe schon so viel Liebes und Gutes von Eurer Durchlaucht gehört.«

Prinzeß Sibylle machte ein humorvolles Gesicht,

und indem sie sich auf Lolos einladende Handbewegung in einen Sessel niederließ, sagte sie lächelnd:

»Ei, wer hat mich denn schon bei Ihnen angeschwärzt, Prinzeßchen?«

Prinzeß Lolo hatte ihr gegenüber Platz genommen, und noch immer sehr rot, sagte sie halblaut:

»Baron Schlegell hielt sich kürzlich hier auf, um im Park zu malen. Er hat mir viel Schönes von Eurer Durchlaucht erzählt.«

In Prinzeß Sibylles Augen zuckte es auf. Prinzeß Lolo sprach ihr gegenüber von einem Baron Schlegell. Das bestätigte ihren heimlichen Verdacht. Prinzeßchen wußte sicher nicht, daß Baron Schlegell und Prinz Joachim identisch waren. Also hatte sie seinen Brief nicht bekommen. Sie konnte nur schwer ihre Freude verbergen.

»So so – der Baron Schlegell. Ja, sehen Sie, Prinzeßchen, der ist es auch gerad, der mir von Ihnen so viel Liebes erzählt hat.«

Nun wurde Prinzeß Lolo noch röter und ihre Augen strahlten auf.

»Ach – er hat Eurer Durchlaucht von mir gesprochen. Wie mich das freut!« stieß sie hervor.

Einen Moment sahen sich die beiden Frauen an mit gegenseitigem großen Wohlgefallen.

»Also das freut Prinzeßchen? Und da denkt der Baron Schlegell törichterweise, Sie seien ihm bös und wollen nichts von ihm wissen. Daß ich's nur gleich heraussage – er schickt mich her, ich soll fragen, ob ihm Prinzeßchen Lolo bös ist.«

Prinzeß Lolo sah bestürzt in das Gesicht ihres Besuches.

»Böse? Ach nein – wie kann er so etwas denken?

Warum sollt ich ihm böse sein? Ach – vielleicht meint er, weil er mir noch keine Botschaft geschickt hat? Aber deshalb ist man doch nicht gleich böse.«

Prinzeß Sibylle beugte sich plötzlich vor und faßte ihre Hände.

»Wie – noch nit einmal eine Botschaft hat er Ihnen geschickt, seit er hier fort ist? Nit einmal ein Briefchen?« fragte sie, und ihre Augen fragten noch viel eifriger.

Prinzeß Lolo schüttelte den Kopf.

»Nein, bis heute noch nicht. Er wird wohl keine Zeit gehabt haben.«

Prinzeß Sibylle faßte plötzlich mit beiden Händen den goldlockigen Mädchenkopf und küßte Prinzeßchen herzhaft auf den Mund.

»Nichts für ungut, Prinzeßchen, aber eben haben's zu lieb ausgesehen, und dann – nun ja, was ich doch sagen wollte, also gewissermaßen bin ich hier, um für den Baron um die Braut zu werben. Ja, er hat sich in den Kopf gesetzt, daß das Prinzeßchen seine liebe kleine Frau werden soll. Ein bisserl kühn ist das schon von ihm – ich meine nach der Testamentsgeschichte. Und ein bisserl Angst hat er halt gehabt, daß Sie meinen Neffen, den Prinzen Joachim, heiraten werden, wegen der Erbschaft natürlich.«

Prinzeß Lolo sah mit ihren lieben, ehrlichen Augen in die fröhlich funkelnden der hohen Frau.

»Er hätte keine Angst zu haben brauchen.«

»Na, er scheint mir doch ein bisserl arg eifersüchtig gewesen zu sein – auf den Prinzen Joachim.«

Prinzeß Lolo lachte leise in sich hinein und ihr Gesichtchen glühte.

»Er braucht auf niemand – auf gar niemand eifersüchtig zu sein. Nun weiß er doch hoffentlich, daß ich auf Prinz Joachims Hand verzichtet habe!«

Wieder küßte Prinzeß Sibylle die Ahnungslose.

»Gewiß, jetzt weiß er es. Und nun hat er mich schnell mit einem Auftrag zu Ihnen geschickt. Ich soll Sie entführen.«

»Entführen?«

»Ja weil er jetzt nit von Schwarzenfels fort kann und weil er gar so große Sehnsucht hat, da hat er mich gebeten, ich soll das Prinzeßchen nach Schwarzenfels holen. Sie sollen mein Gast sein.«

»Ach mein Gott – Durchlaucht sind so gütig. Aber ich weiß doch nicht, so ohne weiteres wird das doch nicht gehen.«

»Und warum nit?«

Prinzeß Lolo rang mit ihrer Verlegenheit. Dann sah sie aber entschlossen und mit ihrem offenen, ehrlichen Ausdruck zu ihr hinüber.

»Durchlaucht müssen bedenken, ich bin so gar nicht vorbereitet. Ganz offen: ich besitze nicht die Ausstattung, wie sie wohl nötig wäre, wollte ich in Eurer Durchlaucht nächster Umgebung weilen. Meine Schwester und ich haben bisher nur von einer sehr bescheidenen Rente gelebt. Nun ist meine Schwester Priorin des Kaiserin-Elisabeth-Stiftes geworden, und mir ist unerwartet diese Erbschaft zugefallen. Aber ich müßte mich erst neu ausstatten, ehe ich Eurer Durchlaucht gütige Einladung annehmen könnte.«

Prinzeß Sibylle lächelte.

»Ist das der einzige Grund? Ah, der ist nit stichhaltig. Irgendein Kleidchen ist doch schnell beschafft. Alles übrige kaufen wir in Schwarzenfels oder lassen es von Berlin kommen.«

Prinzeßchens Augen leuchteten vor Verlangen, zuzusagen.

»Ach – ich möchte so gern! Und zwei Kostüme hab' ich mir heute gekauft, auch sonst einige nötige Toilettenutensilien.«

»Famos, dann ist ja alles erledigt. Es bleiben uns noch gut fünf Stunden bis zum Abgang des Nachtzuges. Den möchte ich benützen. Da können wir noch genug besprechen und vorbereiten. Zur Not hilft meine Kammerfrau ein wenig.«

Prinzeß Lolo seufzte glückselig beklommen.

»Wenn Durchlaucht meinen, daß es geht?«

»Ganz gewiß geht es. Und ich reise einfach nit ohne Prinzeßchen ab. Der Baron würde mir nie vergeben, wenn ich allein zurückkäme. Er kann ja nit fort jetzt, muß mit Prinz Joachim in Falkenhausen sitzen – wegen der Erbschaftsregulierung. Nach Schwarzenfels kann er schnell mal ein Stündchen kommen, das ist nit weit.«

»Baron Schlegell ist mit Prinz Joachim zusammen?« fragte Lolo interessiert.

Es zuckte humorvoll in Prinzeß Sibylles Gesicht. Man merkte ihr an, sie freute sich auf die »Hetz«.

»Ja, ja – die beiden sind ganz unzertrennlich. Wußten Sie das nit?«

»Baron Schlegell hat mir nur erzählt, daß er mit Prinz Joachim befreundet ist, wie er mit Georg Falkenhausen befreundet war.«

»Ganz recht. Und der Baron und Prinz Joachim können gar nicht ohne einander leben. Ja, ja, Prinzeßchen, es gab eine heillose Verwirrung, als Sie den Prinzen Joachim heiraten sollten. Aber nun kommt wohl alles schnell in die Reihe.«

»Und Prinz Joachim wird mir nicht zürnen, daß ich seine Hand ausschlug?«

»Ah, das wird er gewiß nit, weil Sie im Herzen so treu zu Baron Schlegell gehalten haben. Sehr froh wird er sein, daß Sie seinen Freund glücklich machen wollen. Und das eine sag' ich Ihnen schon heut, Prinzeßchen, wenn Sie den Baron Schlegell heiraten - dann werden Sie den Prinzen Joachim auch nimmer los.«

Prinzeß Sibylle genoß die »Gaudi« schon mit großer Innigkeit und küßte Prinzeß Lolo herzlich und vergnügt immer wieder auf die rosigen Wangen.

Prinzeß Lolos Augen strahlten.

»Es macht mich so glücklich – alles, was Durchlaucht sagen. Das ist alles wie ein schöner, wunderbarer Traum. Ich bin es so gar nicht gewöhnt, daß es das Leben so gut mit mir meint. Jetzt mit einem Mal ist alles so licht und klar – und ach, so warm um mich her.«

Prinzeß Sibylle streichelte ihre Hände.

»So soll's auch, will's Gott, bleiben. Und mir müssen Sie erlauben, Ihnen ein wenig die früh verstorbene Mutter zu ersetzen, ja? Ich hab' kein liebes Kinderl, Sie haben kein Mutterl mehr, also helfen wir einander zu unserem Recht, gelt?«

»Wie gern – ach, wie gern! Ich habe ein so großes Vertrauen zu Eurer Durchlaucht! Gleich vom ersten Augenblick an ist mir so warm ums Herz geworden, als ich in Eurer Durchlaucht liebes Gesicht gesehen habe.«

Die alte Dame drückte Prinzeßchen impulsiv fest an sich.

»Dann laß aber die ›Durchlaucht‹ weg, mein Kindelchen. Ich hab' mein Lebtag nit erfahren, daß solche Titulatur zwischen zwei Menschen, die sich gut sind, Bestand hat. Gelt, ich bin schlichtweg von heut an Tante Sibylle, und du bist meine herzliebe kleine Lolo. Soll's gelten oder nit?«

Prinzeßchen beugte sich tiefbewegt über die gütigen Hände, die ihr ein so schönes Geschenk boten.

»Tante Sibylle – ach, liebe Tante Sibylle!«

Durchlaucht lachte halb gerührt, halb vergnügt.

»So gefallt mir das. Wie ich mich freu', daß ich das liebe, ehrliche Gesicht nun immer um mich haben kann. Ach – du sollst schauen, Herzkind, wir zwei werden uns immer gut verstehen. Aber da fällt mir das Birkhühnchen ein. Wo steckt denn das? Hast sie gar mit deiner Schwester ins Damenstift geschickt?«

»Nein, nein, sie ist bei mir geblieben, und sie soll immer bei mir bleiben.«

»Recht, Kindel. So eine treue Seele läßt man nit von sich.«

»Darf ich sie rufen lassen?«

»Aber ja, aber ja, ich brenne ja schon vor Neugier, sie kennenzulernen. Dem Bielke hab' ich ja schon guten Tag gesagt. Und weißt – ins Tuskulum mußt du mich auch führen. Das laß ich mir nit entgehen.«

Prinzeßchen kamen plötzlich vor lauter Glückseligkeit die Tränen in die Augen.

»Das alles weißt du, Tante Sibylle?«

»Aber gewiß – er hat mir doch von nichts anderem vorgeschwatzt, der Baron.«

Prinzeß Lolo warf sich lachend und weinend in ihre Arme.

»Hast du ihn auch sehr gern?« fragte sie leise.

»Ei gewiß – so lieb wie ein Sohn ist er mir, ich kenn' ihn doch von klein auf. Und da er seine Mutter auch sehr früh verloren hat, hab' ich ein wenig Mutterstelle an ihm vertreten.«

Fest umschlungen standen die beiden Frauen und sahen einander tief in die Augen.

Und dann wurde Fräulein von Birkhuhn gerufen. Sie hatte sich in aller Eile das Schwarzseidene übergeworfen. Das Spitzenhäubchen saß ein wenig schief auf dem kleinen Köpfchen und gab ihr ein unerwartet kühnes Aussehen. Die Erregung hatte ihr rote Flecken ins Gesicht gezeichnet. Sie verbeugte sich tief vor Prinzeß Sibylle. Diese reichte ihr freundlich lächelnd die Hand.

»Es freut mich sehr, Sie kennenzulernen, gnädiges Fräulein. Baron Schlegell hat mir viel Liebes und Gutes von Ihnen erzählt. Ich bin gekommen, um Ihnen Ihren Schützling zu entführen – vorläufig auf einige Wochen.«

Fräulein von Birkhuhn sah ein wenig hilflos und verlegen zu der hohen Frau empor. Da schlang aber auch schon Prinzeß Lolo ihre Arme um das alte Fräulein.

»Nun, sieh nur nicht so verzagt aus, Birkhühnchen, wir trennen uns ganz sicher nur für kurze Zeit. Ach, liebes Birkhühnchen, ich bin ja so glücklich. Denk doch nur, Durchlaucht ist von Baron Schlegell zu uns geschickt worden. Alles hat er ihr erzählt. Und nun soll ich mit nach Schwarzenfels kommen, weil der Baron jetzt nicht herkommen kann, und wir sollen uns wiedersehen. Ach Gott – mir dreht sich alles im Kopf. Was sagst du nun, Birkhühnchen?«

Birkhühnchen sagte aber zunächst gar nichts. Sie schluckte und schluckte, weil sie die aufsteigenden Tränen am Sprechen hinderten, und es zuckte ganz wunderlich in dem kleinen, verhutzelten Gesicht.

Prinzeßchen rückte ihr nur lachend die Haube gerade und gab ihr einen Kuß, und dann drehte sie das alte Fräulein im aufjauchzenden Übermut ringsum.

Prinzeß Sibylle beobachtete die Szene mit großem Vergnügen.

»Ein goldiges Geschöpfchen«, dachte sie wieder, »und temperamentvoll und lustig ist sie auch. Gott sei Dank, daß sie nun doch Joachims Frau werden wird.«

Ruhig wartete Prinzeß Sibylle, bis sich Fräulein von Birkhuhn gefaßt hatte und fragen konnte, ob Durchlaucht geneigt sei, den Tee im Prinzessinnenschlößchen einzunehmen. Natürlich war Durchlaucht geneigt.

»Sie werden mich überhaupt nit los, bis ich Lolo mit mir nehmen kann. Nachher gehen wir zu dem Tuskulum. Das muß ich mir anschauen.«

Es dauerte lange, bis Birkhühnchen so leidlich begriff, was denn eigentlich geschehen war. Sie saß ziemlich sprachlos und verdutzt am Teetisch. Bielke servierte mit Grandezza und viel zu großen weißen Handschuhen den Tee. Prinzeßchen hatte schleunigst ein Paket ausgepackt, in dem sich Cakes befanden, und Frau Bangemann hatte sich in Anbetracht der veränderten Verhältnisse zu einer Platte mit Toasts aufgeschwungen und schickte dann auch noch in aller Eile gebackene Waffeln herein.

Prinzeßchen schmauste mit großem Behagen und kam sich als Gastgeberin sehr drollig vor. Prinzeß Sibylle strahlte über das ganze Gesicht. Sie genoß diese

Teestunde als etwas ganz Originelles und malte sich voll Humor aus, was wohl die Hofschranzen von Schwarzenfels für Gesichter machen würden, wenn sie die künftige Schwiegertochter Seiner Durchlaucht in dieser Umgebung hätten beobachten können. Durchlaucht hatte aber eine innige Freude an den Menschen, die sie hier umgaben.

Frau Broschinger war inzwischen auch in einem Nebenzimmer Tee und ein Imbiß vorgesetzt worden. Sie wußte ja nicht, wie Ihre Durchlaucht in dieses armselige Schlößchen geraten war und was sie hier wollte. Da sie aber an allerlei überraschende Einfälle ihrer Herrin gewöhnt war, sah sie den Ereignissen gemütsruhig entgegen.

Nach dem Tee gingen die Damen durch den Park bis zum Tuskulum. Auch Birkhühnchen war dabei. Ins Haus zurückgekehrt, packte Prinzeßchen in Gegenwart ihres Besuches ihre Einkäufe aus und beschenkte ihre Getreuen. Mit strahlenden Augen nahm sie deren Dank entgegen.

»Ach, ich kann euch nie ganz vergelten, was ihr mir Gutes getan habt«, sagte sie bewegt.

»Sie ist wirklich ein goldiges Geschöpfchen«, konstatierte Durchlaucht zum dritten Mal bei sich.

Zuletzt probierte Prinzeßchen ihre neuen Kleider an. Und da war sie nun doch ganz Evastochter. Sie freute sich an dem guten Sitz der Kleider, an dem gefälligen Aussehen des hübschen Stoffes. Und sie sah so entzückend und lieblich darin aus, daß es eine Freude war, sie anzusehen.

Prinzeß Sibylle entwarf im Geist schon allerlei hübsche und elegante Roben für Lolo. Sie freute sich darauf, die Aussteuer für sie zusammenzustellen.

Es wurde nun allerlei besprochen, während Meta und Frau Broschinger für Prinzeßchen das Reisegepäck vorrichteten. Birkhühnchen sollte in Prinzeßchens Abwesenheit einige Veränderungen in den Zimmern treffen und die neuen Möbel placieren. Prinzeß Sibylle amüsierte sich über Lolos wichtige Hausfrauenmiene.

»Wirst ja schwerlich auf lange Zeit hierher zurückkehren, Kleinchen«, sagte sie lächelnd.

»Aber die Möbel sind doch nun einmal gekauft. Ich konnte doch nicht ahnen, daß sich mein Geschick so schnell entscheiden würde«, erwiderte das Prinzeßchen und umarmte schnell erst einmal die neue Tante Sibylle und das gute Birkhühnchen. Das alte Fräulein versprach eifrig, alles recht behaglich zu machen. Auf einige Zeit würde ja Prinzeßchen doch zurückkehren, sie könne doch unmöglich die Gastfreundschaft Ihrer Durchlaucht bis zu ihrer Verheiratung in Anspruch nehmen.

Prinzeß Sibylle lächelte geheimnisvoll.

»Wir werden sehen, das wird sich alles finden. Bringen Sie immerhin alles in Ordnung, gnädiges Fräulein, dann wird Ihnen die Zeit nit so lang, und die Sehnsucht nach Ihrem Liebling plagt Sie nit allzusehr.«

Birkhühnchen seufzte.

»Es ist die erste Trennung – seit ich Prinzeßchens Erzieherin wurde. Durchlaucht können kaum ermessen, wie einem da zumute ist.«

Durchlaucht tätschelte tröstend Birkhühnchens Hand.

»Nur nit verzagt sein, die Trennung soll nit lange währen, und es soll nit nur die erste, sondern auch die letzte sein. Bleibt Prinzeßchen länger bei uns, dann kommt das liebe Birkhühnchen nach. Später holen wir dann auch noch die anderen Getreuen aus dem Prinzessinnenschlößchen nach Schwarzenfels. Da können wir gut so getreue Menschen brauchen.«

Als die Zeit zur Abreise gekommen war, stand Prinzeßchen in einem schmucken Trotteurkostüm und dem neuen, kleidsamen Hut vor Prinzeß Sibylle. Diese betrachtete sie wohlgefällig. In diesem einfachen, aber hübschen und vornehmen Anzug konnte Prinzeßchen sehr wohl seinen Einzug in Schwarzenfels halten.

Nach einem herzbrechenden Abschied von Birkhühnchen und ihren Getreuen stieg Prinzeß Lolo zu Durchlaucht und Frau Broschinger in den herbeigeholten Mietswagen.

Zum Fenster heraus schüttelte sie Bielke noch herzlich die Hand.

»Sehen Sie nach dem Tuskulum, Bielke – ich glaube, ich habe vergessen, die Fenster zu schließen.«

»Sehr wohl, Prinzeßchen Durchlaucht, sehr wohl«, antwortete Bielke eifrig.

Mit feuchten Augen schaute Prinzeß Lolo zurück und winkte mit ihrem Tüchlein, bis sie das weinende Birkhühnchen nicht mehr sehen konnte.

Während der Reise schlief Prinzeß Sibylle. Auch Frau Broschinger nickte hin und wieder ein Stündchen. Nur Prinzeßchen schaute mit großen offenen Augen der Zukunft entgegen.

Im Morgengrauen kamen sie in Schwarzenfels an. Prinzeß Sibylle hatte telegraphisch einen Wagen an den Bahnhof bestellt.

Eine Stunde später lag Prinzeßchen in einem großmächtigen Himmelbett im Prinzenpalais, um die versäumte Nachtruhe nachzuholen.

Ehe sie einschlief, zwickte sie sich noch einmal in die Ohren, weil sie fürchtete, alles sei nur ein Traum gewesen.

XIV

Auch Prinzeß Sibylle hatte noch ein paar Stunden geschlafen. Zu ihrer gewöhnlichen Zeit erhob sie sich aber und schickte dann sofort einen Boten nach Falkenhausen mit einem Brief an Prinz Joachim. Dieser Brief lautete:

»Mein lieber Joachim! Zu depeschieren brauchte ich gar nicht erst. Ich hab' das Prinzeßchen schleunigst zusammengepackt und mit nach Schwarzenfels genommen. Nun liegt sie noch in süßem Schlummer und träumt von ihrem geliebten Baron Schlegell. Daß der niemand anders ist als der Prinz Joachim, den sie durchaus nicht heiraten will, ahnt sie nicht. Deinen Brief hat sie gar nicht erhalten. Wie das zugegangen ist, weiß ich nicht. Ich weiß nur, daß sie Dich liebt, daß sie ein goldig Geschöpfchen ist und daß wir schon gute Freunde sind.

Ich denke, daß Du bei uns sein wirst, sobald Dir Deine Geschäfte ein paar freie Stunden erlauben. Also auf Wiedersehen! – Du, ich freu mich närrisch!

Deine Tante Sibylle.«

Prinz Joachim erhielt diesen Brief, als er mit heißem Kopf über einem Aktenbündel saß. Die ungewohnte Arbeit, all dieses großzügige Disponieren in seinem neuen Reich, die Berechnungen und Bestimmungen, der ganze große Apparat der Verwaltung machten ihm nicht wenig Schwierigkeiten. Wohl stand ihm ein ganzes Heer tüchtiger Beamter und Diener zur Seite, aber es blieb doch viel für ihn zu lernen und zu bewältigen. Und er nahm es ernst mit seiner neuen Tätigkeit. Daß er Falkenhausen und die anderen Güter so verwaltete, wie es Graf Falkenhausen selbst getan hatte, war ihm Ehrensache. Das glaubte er dem Verstorbenen schuldig zu sein.

Da er ein offener, kluger Kopf war und ein energischer Charakter, hoffte er bald alle Schwierigkeiten zu überwinden, und lächelnd hatte er zu seinem Vater gesagt: »Wem der Herr ein Amt gibt, dem gibt er auch den Verstand.«

Es war doch ein schönes Gefühl für ihn, aus der bescheidenen Position eines Leutnants und zweitgeborenen Fürstensohnes in die eines unumschränkten Herrn und Gebieters dieses fürstlichen Besitzes versetzt worden zu sein. Nur eins quälte ihn und trübte seinen Frohsinn. Seine Liebe zu Prinzeß Lolo war wirklich tief und echt und es schmerzte ihn unsagbar, daß sie ihn abgewiesen hatte. Zudem beunruhigte ihn der Gedanke, warum sie es getan haben mochte. Wieder und wieder erschien über dem Aktenbündel ein goldlockiger Mädchenkopf mit – ach – so sonnigen, lockenden Augen.

In diese Stimmung hinein kam der Bote mit Prinzeß Sibylles Brief. Ein Diener brachte ihn herein und entfernte sich wieder mit dem Bemerken, daß der Bote auf Antwort warte. Prinz Joachim sah verwundert auf den Brief herab. War Tante Sibylle gestern nicht abgereist?

Hastig überflog er die Zeilen. Und dann sprang er auf und streckte mit einem tiefen, befreienden Atemzug seine Arme weit von sich. Sein Gesicht strahlte. Und dann las er den Brief noch einmal durch.

»Prinzeßchen – mein liebes, goldiges Prinzeßchen, ich wußte es ja, daß deine Augen nicht lügen konnten«, sagte er halblaut vor sich hin. Und dann verfinsterte sich sein Gesicht.

»Wie kam es, daß sie meinen Brief nicht erhielt? Sollte da nicht die liebenswürdige Prinzeß Renate ein wenig Schicksal gespielt haben? Sie haßte die Schwester und mißgönnte ihr sicher ihr Glück. Gottlob – ist es so, dann hat ein gütiges Geschick uns geholfen«, dachte er.

Noch einmal las er lächelnd den Brief durch, dann schrieb er folgende Antwort:

»Liebste, herrlichste Tante Sibylle!

Tausend Küsse für Deine Botschaft. Ich bin sehr glücklich darüber, und Du bist und bleibst die beste und klügste Frau im ganzen Fürstentümle. Laß mein Prinzeßchen nur noch im unklaren – ich will ihr selbst sagen, wer ich bin. Ich hoffe, mich gleich nach Tisch hier losmachen zu können und bin dann gegen vier Uhr bei Dir. Sieh Dich vor, daß Dich nicht vor Dankbarkeit totdrückt

Dein glücklicher Joachim.«

Diesen Brief übergab er dem Boten, und dann setzte er sich wieder über seine Arbeit. Aber jetzt wurde sein Kopf noch viel heißer, und sein Herz klopfte laut und stark vor Erregung.

Prinzeß Lolo sah sich schlaftrunken um, als sie am hellen Morgen in dem großen Himmelbett erwachte.

Die Sonne schien hell durch die zugezogenen Vorhänge und legte sich in breitem, goldenem Streifen über die mit geblümter Seide bezogene Steppdecke. Dieser selbe Streifen kletterte an der Wand empor und beleuchtete ein Watteaubildchen. Da saß eine Dame im Reifrock auf einem Hügel, und zu ihren Füßen lag ihr Kavalier und spielte mit ihrem Hündchen.

Eine Weile starrte Prinzeßchen auf dies Bild. Dann fuhr sie plötzlich mit einem Ruck empor und setzte sich aufrecht im Bett. Nun war sie ganz munter. Schnell erhob sie sich und kleidete sich, ohne jede Hilfe, so wie sie es gewöhnt war, an. Nur den Halsschluß an ihrem neuen Kleid konnte sie nicht bewältigen. Da klingelte sie nach Hilfe.

Frau Broschinger erschien mit freundlich lachendem Gesicht.

Durchlaucht hatte ihrer alten vertrauten Dienerin verraten, welche Bewandtnis es mit Prinzeßchen hatte.

Prinzeß Lolo bat sie, ihr das Kleid zu schließen. Die Kammerfrau tat es flink und geschickt. Währenddem fragte Prinzeßchen:

»Ist Ihre Durchlaucht schon wach?«

»Ihre Durchlaucht sind bereits im Frühstückszimmer und erwarten Eure Durchlaucht«, antwortete Frau Broschinger.

Dann ging das Prinzeßchen neben ihr über den langen, teppichbelegten Korridor. Vor einer der Türen stand ein Lakai und öffnete dieselbe. Prinzeß Lolo betrat ein großes helles Zimmer mit sehr schönen Empiremöbeln. Bezüge und Vorhänge waren von lichtgrüner Farbe, und der den ganzen Fußboden bedeckende Teppich hellgrau mit einem dunkleren Empiremuster. An dem zierlich gedeckten Frühstückstisch in einer tiefen Erkernische saß Ihre Durchlaucht und las die Zeitung. Als Prinzeßchen eintrat, legte sie dieselbe fort und streckte ihr die Hand entgegen.

»Ausgeschlafen, Kindchen?«

Prinzeß Lolo küßte ihr die Hand, aber Durchlaucht zog den blonden Kopf zu sich herab und küßte die frischen Lippen.

»Ganz prächtig hab' ich geschlafen. Tante Sibylle – ich wußte gar nicht, wo ich mich befand, als ich aufwachte.«

»Glückliche Jugend! In deinem Alter verschläft man noch alles – Freude und Schmerz.«

»Hast du nicht gut geschlafen?«

»O danke, ich bin zufrieden. Man darf nit mehr verlangen, als einem zukommt. Aber nun setz dich daher und laß dich anschauen. Zu mollig und behaglich ist's, wenn man ein so junges, frisches Gesichtl gleich am frühen Morgen um sich hat. Weißt, der Baron muß recht schön bitten, sonst überlaß ich dich ihm nimmer. Und nun wollen wir frühstücken, ich hab' nur auf dich gewartet.«

Ein Lakai brachte die Frühstücksplatten herein und entfernte sich auf einen Wink wieder. Prinzeßchen bediente liebreich die alte Dame, und diese ließ es sich lächelnd gefallen. Dabei plauderten sie fröhlich und behaglich. Durchlaucht schilderte humorvoll das Leben im Fürstentümle, und Prinzeßchen mußte erzählen aus ihrem Leben.

Aber plötzlich sprang die junge Dame auf und eilte an den Kamin. Auf dem Sims stand eine Kabinettphotographie des Prinzen Joachim in Uniform.

»Ach, das ist ja Baron Schlegell in Uniform – so hab' ich ihn noch nie gesehen«, sagte sie strahlend.

Prinzeß Sibylle war erschrocken zusammengezuckt, faßte sich aber sogleich wieder.

»O weh – beinahe hätte mir das die ganze Überraschung verderben können. Es ist ein Glück, daß der Joachim nit seinen Namen auf das Bild geschrieben hat«, dachte sie.

»Gefällt er dir in Uniform besser?« fragte sie lächelnd.

»Oh, das kann ich nicht sagen, er gefiel mir in Zivil auch recht gut.«

»So, so – nun, es ist gut, daß du dir aus der Uniform nichts machst. Er will sie nämlich ausziehen.«

»Will er nicht mehr Offizier bleiben?«

»Nein, er will seine Güter selbst bewirtschaften.«

»Seine Güter? Besitzt er welche? Ach – ich weiß ja noch so wenig von ihm, von seinen Verhältnissen.«

»Und willst ihn doch heiraten?«

»Die Hauptsache ist doch er selbst.«

Prinzeß Sibylle lachte.

»So, so – die Hauptsache ist er selbst. Nun, ein leichtherzig Dingelchen bist du doch; schlägst einen Prinzen mit einer fürstlichen Erbschaft aus, um einen Mann zu heiraten, von dem du nit einmal weißt, ob er dich ernähren kann.«

Prinzeßchen wandte nur ungern den Blick von Prinz Joachims frischfrohem Gesicht.

»Ach, Tante Sibylle, ich hab' doch jetzt so viel Geld, und wenn ich das nicht hätte – ich bin ein so schlichtes Leben gewöhnt. An seiner Seite wäre ich auch in größter Armut glücklich gewesen.«

»Du kleine, ideale Schwärmerin! Da ist es halt

doch ein Glück, daß du trotzdem eine gute Partie machst. Mit der Armut ist halt nit zu spaßen.«

»Wenn ich nur nicht in gar so glänzende Verhältnisse komme«, sagte Prinzeßchen, beklommen seufzend.

»Warum willst du das nit?«

»Ich bin ein so schlichtes, einfältiges Ding – so unbeholfen. Wenn ich mich dann nicht zurechtfinden würde und er wäre unzufrieden mit mir...«

»Aber geh, Prinzeßerl, laß dich nit auslachen. So ein kluges, fesches Mädel, wie du, schickt sich in alles. Ich will dich gleich in die Schule nehmen. Weißt, mein Schatzerl, ich bring dich noch heute zum Fürsten und zum Erbprinzen und der Erbprinzessin.«

Prinzeß Lolo erschrak.

»Ach Gott – muß das sein?«

»Aber ja, das muß sein.«

»Ich bin so bange.«

»Bange? Das Wort streichen wir aus unserem Lexikon. Geh – du bist doch so ein coragiertes Mädelchen. Sollst sehen, was Seine Durchlaucht für eine Freud' an dir hat. Hab keine Angst. Es ist nit große Cour. Ich stell dich den Herrschaften im engsten Familienkreis vor.«

»Liebe Tante Sibylle, ich bin ganz gewiß kein Hasenfuß, aber ein wenig ängstlich bin ich doch. Bedenke nur, daß ich gar nicht gewöhnt bin, mit so hohen Herrschaften zu verkehren.«

»Ah bah – du bist doch eine Prinzeß Wengerstein, und diese hohen Herrschaften sind halt auch nur Menschen. Fürst Egon ist so ein stiller, freundlicher Herr, ein bisserl zerstreut - weißt, weil er halt das

Fürstentümle regieren muß. Und der Erbprinz ist auch arg ernst und bedächtig.«

»Ist Prinz Joachim auch so ernst und still?«

Prinzeß Sibylle lachte fröhlich auf.

»Der? Ah nein, der ist ein Tausendsassa. Weißt, so ein lustig Blut, wie der Baron Schlegell. Verwechseln kannst du die zwei, so sehr gleichen sie sich.«

Prinzeß Lolos Augen bekamen einen sehnsüchtigen Glanz.

»Ob er wohl bald kommen wird?«

»Du meinst den Baron?«

Prinzeßchen lachte.

»Du weißt, daß ich ihn meine, ich sehe es deinen Augen an.«

»Du Guckindiewelt – was weißt du von meinen Augen?«

»Daß sie Schelme sind. Ja, Tante Sibylle, deine Augen sind voll Schelmerei. Aber auch voll Güte, voll himmlischer Liebe und Güte. Baron Schlegell hat auch gesagt, wer dich ansieht, muß dich lieb haben, und wen du anschaust, dem vergehen alle trüben Gedanken. Du bist eine wundervolle Frau.«

Prinzeß Sibylle wurde rot bis unter das weiße Haar, und ihre Augen funkelten vor Schelmerei und Rührung.

»Jetzt hat das Kindlchen kaum von weitem ein bisserl Hofluft gerochen, und schon übt es sich in Schmeicheleien und Komplimenten«, schalt sie lachend. Prinzeßchen küßte ihr die Hand.

»Ich sage nur, wie es mir ums Herz ist.«

»Ah geh – von deinem Handkuß hab' ich nichts, gib mir dein Mäulchen her, du goldiges Prinzesserl.

Kann mir schon denken, daß du den Männern den Kopf verdrehen kannst, wenn du schon so mit mir alter Frau umspringst. Aber jetzt wollen wir beide vernünftig sein und unser Frühstück beenden. Nachher fahren wir aus und machen einige Einkäufe. Ich muß dich noch ein bisserl herausstaffieren, ehe ich dich bei Hofe präsentiere. Die Augen sollen sie alle so weit aufmachen.«

Prinzeßchen wirbelte der Kopf. Es ging heute in Schwarzenfels wie gestern in Weißenburg von einem Laden zum andern. Und heute wurden ganz andere Summen ausgegeben.

In einem Modemagazin – es war das erste von Schwarzenfels – wurde dann gleich noch eine elegante Besuchstoilette aus weißem Tuch erstanden. Der Besitzer versicherte, es sei ein eben eingetroffenes Pariser Modell. Und es saß Prinzeßchen wie angegossen. Prinzeß Sibylle ordnete an, daß es sofort nach dem Prinzenpalais geschickt würde. Dann fuhren die beiden Damen nach Hause.

Frau Broschinger mußte nun Prinzeß Lolo ankleiden.

Endlich war Prinzeßchen fertig. Sie erkannte sich selbst kaum wieder in der weißen Pracht. Nun wurde noch ein kleidsamer Hut auf das blonde Haar gesetzt, und die eleganten dänischen Handschuhe über die schlanken, weißen Hände gestreift.

Prinzeß Sibylle musterte ihren Schützling mit strahlender Miene.

»So, jetzt geht es ins Schloß, Prinzesserl! Und Seine Durchlaucht wird sehr betrübt sein, daß du nit sein Schwiegertöchterchen werden willst«, sagte sie schelmisch.

Als sie eben zum Wagen gehen wollten, kam der Bote mit Prinz Joachims Antwortschreiben von Falkenhausen zurück. Prinzeß Sibylle las es schnell durch und steckte es lächelnd zu sich. Sie sagte aber kein Wort darüber.

Sie fuhren nun zum Schloß. Prinzeß Lolo hatte plötzlich alle Angst und Unsicherheit verloren. In dem eleganten Besuchskleid kam sie sich gar nicht mehr unbeholfen vor.

Wie Prinzeß Sibylle vermutet hatte, gab es einen Sieg auf der ganzen Linie. Sie konnte dem Fürsten verstohlen einen Wink geben, daß Prinzeß Lolo doch seine Schwiegertochter werden würde, daß er sich aber nicht verraten sollte. Fürst Egon war entzückt von dem holden Liebreiz der jungen Dame und ließ seine Augen nicht von ihr. Der Erbprinz und seine Gemahlin nahmen den Gast der Tante Sibylle sehr freundlich auf. Die Erbprinzessin betrachtete Prinzeßchen mit einiger Neugierde. Das also war die Prinzeß Wengerstein, die ihres Schwagers Hand samt einer großen Erbschaft zurückgewiesen hatte! Obwohl sie nicht ahnte, wie das alles zusammenhing, rührte sie in keiner Weise an dies Thema und betrachtete Prinzeß Lolo einfach als Gast der Tante, wenn sie auch nicht verstand, weshalb diese die junge Dame eingeladen hatte. Es mußte doch für Joachim einigermaßen peinlich sein, ihr zu begegnen.

Prinzeß Sibylle konnte aber dann auch den Erbprinzen und seine Gemahlin ein wenig aufklären, während Seine Durchlaucht mit Prinzeßchen ein altes, interessantes Gemälde betrachtete. Und nun war man doppelt liebenswürdig gegen die junge Dame.

Diese Besuchsstunde verlief also ganz glatt und für

alle Teile erfreulich. Als die beiden Prinzessinnen wieder im Wagen saßen, fragte Prinzeß Sibylle nekkend:

»Nun, Kindchen – war es schlimm?«

Prinzeßchen schüttelte den Kopf.

»Gar nicht schlimm. Aber sag mir ehrlich, war ich sehr ungeschickt?«

»Ich will dich nit eitel machen«, neckte Prinzeß Sibylle.

»Bist du wirklich zufrieden mit mir?«

»Ganz, wirklich.«

»Weißt du, was mir ganz unfaßbar ist?«

»Nun?«

»Daß ihr alle – du und Seine Durchlaucht und der Erbprinz und seine Gemahlin – so lieb und freundlich zu mir seid, so, als gehörte ich zu euch.«

»Nun gewissermaßen tust du das auch – als Baron Schlegells zukünftige Gemahlin.«

»So gilt euch der Baron wohl sehr viel?«

Prinzeß Sibylles Augen funkelten vor Vergnügen.

»Freilich – er ist uns wie ein Sohn und Bruder.«

Prinzeßchen seufzte.

»Wenn ich das alles so gewußt hätte, ich glaube, ich hätte gar nicht den Mut gefunden –«

»Meinst du den Mut, ihm dein Herz zu schenken?«

»Ach – vielleicht wäre mein Herz doch eigenwillig gewesen und hätte sich an gar nichts gekehrt. Ich weiß überhaupt nicht mehr, was ich sagen wollte, es geht mir alles so wirr im Kopf herum.«

Prinzeß Sibylle streichelte ihre Hand.

»War ein bisserl viel für dich, Schatzerl. Aber das gibt sich schon, nur nit verzagt.«

Eine Weile schwiegen sie. Dann lachte Prinzeß Lolo plötzlich herzlich, aus ihren Gedanken heraus, auf.

»Was amüsiert dich denn so sehr, Lolo?«

»Ich mußte denken, was Birkhühnchen wohl vor Aufregung angestellt hätte, wenn sie gewußt hätte, daß ich heute bei Hofe empfangen worden bin.«

Nun lachte Prinzeß Sibylle auch.

»Ja, das Birkhühnchen ist ein drolliges Persönchen, ein Original, aber ein sehr liebes.«

»Wenn du sie nur erst noch besser kennenlernst – sie war befangen in deiner Gegenwart. Zu lieb und gut ist sie zu mir gewesen. Ich will mich nie, niemals von ihr trennen. Wo ich auch künftig sein werde, sie muß einen Platz in meinem Haus haben, wo sie sicher und sorglos leben kann. Das bin ich ihr und mir schuldig.«

»Bravo, Prinzesserl, das ist recht, das gefällt mir.«

Der Wagen hielt vor dem Prinzenpalais. Gleich nach der Heimkehr der beiden Prinzessinnen ging man zu Tisch. Heute nahm sogar Fräulein von Sassenheim an der Tafel teil, da sich ihr Zustand ein wenig gebessert hatte.

Prinzeß Sibylle dachte wieder, daß Fräulein von Birkhuhn ihrer armen Sassenheim ein wenig Gesellschaft leisten könne, und beschloß, das Birkhühnchen nach Schwarzenfels kommen zu lassen, sobald zwischen Prinz Joachim und Prinzeß Lolo alles im klaren wäre.

XV

Mit den feurigsten Pferden aus dem Falkenhausener Stall war Prinz Joachim nach Tisch in die Residenz gefahren. Für seine Ungeduld liefen sie freilich noch immer nicht schnell genug.

Er fuhr gleich am Prinzenpalais vor. Prinzeß Lolo stand in diesem Augenblick am Fenster des kleinen Salons, der nach dem Garten hinaus lag. Sie sah also weder den Wagen vorfahren, noch wußte sie, daß der Prinz sofort in Prinzeß Sibylles Zimmer geführt wurde.

Bröschchen bekam von Ihrer Durchlaucht Befehl, die Tür zu ihrem Zimmer zu bewachen, damit nicht etwa Prinzeß Lolo unvermutet eintrat, solange Prinz Joachim bei ihr war.

Tante und Neffe hatten sich allerlei zu sagen. Es wurde aber schnell genug erledigt, denn Prinz Joachim brannte natürlich darauf, sein Prinzeßchen wiederzusehen. Daß es sicher Prinzeß Renates Werk war, daß sein Brief nicht in die Hände ihrer Schwester gelangte, konnte ihm nicht mehr zweifelhaft sein.

Prinz Joachim beschloß jedoch, Lolo von seinem Mißtrauen nichts zu sagen.

Sobald er das Nötigste mit seiner Tante besprochen hatte, erhob er sich, und ihr die Hand küssend, sagte er aufatmend:

»Und nun zu ihr, Tante Sibylle. Wo finde ich sie?«

Die alte Dame sagte es ihm, und schnell verließ er das Zimmer und schritt hinüber in den Salon, in dem sich Lolo befand.

Sie stand, als er eintrat, noch immer in träumerisches Sinnen verloren am Fenster. Langsam wandte sie sich um. Und dann stand sie wie gebannt und schaute ihn verwirrt und erglühend an.

Er streckte sehnsuchtsvoll die Arme aus und sagte bittend:

»Prinzeßchen – meine Lolo!«

Da flog sie stumm und zitternd in seine Arme. Er preßte sie fest an sich, und ihre Lippen fanden sich im ersten langen Kuß.

Lange standen sie eng umschlungen und sahen einander stumm und selig in die Augen. Endlich fand aber Prinz Joachim die Sprache wieder, und Prinzeßchen weit von sich haltend, betrachtete er sie voll Entzücken.

»Ist das wirklich mein armes kleines Prinzeßchen noch, diese vornehme Dame? Wie schön du bist, meine Lolo – wie wundervoll dies weiße Kleid zu deinem Goldhaar stimmt.«

Sie sah ihn mit schimmernden Augen an.

»Wenn du wüßtest, wie ich mich nach dir gesehnt habe«, stieß er leidenschaftlich hervor und riß sie wieder an sich, »wenn du wüßtest, was es mich gekostet hat, von dir zu gehen, ohne dich mit tausend Fesseln an mich zu binden!«

Sie schmiegte sich zitternd an ihn.

»Ich war gebunden an dich – unlösbar fest«, sagte sie leise.

Er küßte sie wieder und wieder. Und dann zog er sie neben sich auf den Diwan nieder.

»Wie geht es daheim, Liebling? Was macht Birkhühnchen? Und Bielke? Haben sie dich fortgelassen?«

Nun fand sie ihre Munterkeit wieder. Und es ging

nun an ein Erzählen und Plaudern, Lachen und Kosen. Als er sie wieder einmal in die Arme zog, umfaßte sie plötzlich seinen Kopf mit beiden Händen, und ihn übermütig anstrahlend, sagte sie:

»Nun sag mir doch endlich – wie heißt mein Glück?«

Er sah sie erstaunt an.

»Dein Glück?«

»Nun ja doch – ich kann es doch nicht förmlich ›Baron Schlegell‹ nennen! Du weißt wohl gar nicht, daß ich deinen Vornamen noch nicht kenne?«

Er küßte entzückt ihre Schelmenaugen. Dann sagte er, sie forschend betrachtend:

»Ich heiße Joachim.«

Sie schlug die Hände zusammen.

»Joachim? Mein Gott, mußt du denn alles mit diesem Prinzen Joachim gemein haben, sogar den Namen!«

Er blitzte sie lustig an.

»Tja, sogar den Namen!«

»Ach – wie sonderbar. Nun soll ich doch einen Joachim zum Mann bekommen?«

»Tja«, sagte er wieder mit einem Spitzbubenlächeln. »Es ist alles Bestimmung, kleine süße Lolo. Niemand kann seinem Schicksal entgehen. Und dir wird es noch übel mitspielen, das Schicksal. Es hilft dir gar nichts, daß du dich geweigert hast, Prinz Joachims Gemahlin zu werden. Du mußt ihn dennoch heiraten.«

Sie legte erschrocken ihre Hand auf seinen Mund.

»Nicht solche Scherze, Joachim. Ach – lieber Joachim, laß uns doch jetzt nicht an Prinz Joachim denken.«

Er stellte sich entrüstet.

»Du, das bitt' ich mir aus – immerfort sollst du an ihn denken. Wirst ja doch seine Frau, da hilft dir gar nichts. Und er läßt nicht von dir. So ein herrliches, goldiges Prinzeßchen kriegt er nicht alle Tage.«

Sie löste sich, plötzlich erblassend, aus seinen Armen.

»Schweig – o schweig, das ist häßlich, das mag ich nicht hören; es tut mir weh.«

Da nahm er sie ganz zart und sacht in seine Arme und küßte ihre traurigen Augen.

»Kleine Lolo, merkst du denn noch immer nichts?«

Sie sah ihn beklommen an und schüttelte den Kopf.

Er sah ihr tief in die Augen.

»Liebling – wenn du den Baron Schlegell liebst, – dann liebst du auch Prinz Joachim, und wenn du Baron Schlegells Frau werden willst, dann mußt du auch die des Prinzen Joachim sein. Schau, diesen Kuß, den gibt dir der Baron Schlegell« – er küßte sie – »und diesen gibt dir der Prinz Joachim.« Und er küßte sie wieder.

Sie sah ihn staunend an.

»Du – du bist Prinz Joachim?«

Er nickte.

»Ja, ja – der bedauernswerte Prinz Joachim, den die böse, kleine Lolo durchaus nicht heiraten wollte. Ach, du törichtes, kleines Prinzeßchen!«

Sie atmete tief auf.

»Aber wie ist das nur möglich?«

Er zog sie am Ohrläppchen.

»Wie war es denn möglich, daß ein gewisses übermütiges Prinzeßchen den Baron Schlegell düpierte?«

Sie lachte, wurde aber gleich wieder ernst.

»Aber warum hast du mir das nicht gesagt, ehe ich meine Erklärung abgab?«

Er zögerte eine Weile mit der Antwort.

»Warum? Ach – vielleicht wollte ich dich auf die Probe stellen, vielleicht wollte ich wissen, ob du den Baron lieb genug hattest, um auf den Prinzen samt der großen Erbschaft zu verzichten.«

Sie schüttelte den Kopf.

»Nein, diese Probe brauchtest du nicht; du kanntest mich doch.«

Er küßte sie innig.

»Ja, mein Liebling, ich kannte dich und glaubte an dich. Und wie das alles kam, erzähle ich dir später einmal. Das war ein häßlicher Zufall, der uns fast unser Glück gekostet hätte. Wir wollen jetzt nicht mehr daran denken, sondern nur daran, daß wir uns lieben und uns bald, sehr bald für immer angehören wollen. Jetzt schlägst du doch die Hand des Prinzen Joachim nicht mehr aus?«

Sie warf sich an seine Brust.

»Nein, o nein, wer du auch bist, ich hab' dich lieb. Ach – und nun verstehe ich alles, was mir so wunderbar und unfaßlich erschien, Tante Sibylles Liebe und Güte, Seiner Durchlaucht gütige Freundlichkeit und das freundliche Entgegenkommen des Erbprinzenpaares. Sie haben es alle gewußt.«

»So ist es, und Tante Sibylle hat mir geholfen, das widerspenstige Prinzeßchen einzufangen.«

Sie lachte glücklich auf.

»Ach Liebster, was wird nun Birkhühnchen für Augen machen! Sie wollte mich so gern bereden, ich sollte den Baron Schlegell laufen lassen und den

Prinzen heiraten.«

Lachend küßte er sie wieder.

»Du – dem Birkhühnchen depeschieren wir heute noch: Prinz Joachim und Prinzeß Lolo empfehlen sich als Verlobte.«

Lolo wehrte erschrocken ab.

»Um Himmels willen, das bringt sie in ihrem armen Kopf nicht zusammen. Wir müssen wenigstens dazusetzen: ›Prinz Joachim *alias* Baron Schlegell.‹ Sonst wird sie mir krank vor Aufregung.«

Leider verging den Liebenden diese Stunde des Alleinseins nur zu schnell. Prinzeß Sibylle ließ sie zum Tee herüberbitten. Da gab es dann noch eine sehr erregte Szene. Prinzeß Sibylle wurde wirklich fast erdrückt vor Dankbarkeit und Liebe von dem jungen, glücklichen Paar.

Prinz Joachim mußte schon um sieben wieder nach Falkenhausen zurück. Vorher wollte er noch den Fürsten um eine kurze Unterredung bitten, damit seine Verlobung mit Lolo offiziell wurde. Ehe er sich von den beiden Damen verabschiedete, mußten sie ihm versprechen, am nächsten Tage nach Falkenhausen hinauszukommen.

»Ich muß dir doch beweisen, daß die Buchen im Falkenhausener Park noch schöner sind, als die in Weißenburg«, sagte er lächelnd.

Ein paar kurze Augenblicke ließ Prinzeß Sibylle die Liebenden noch allein. Dann mußten sie sich aber trennen.

Am nächsten Morgen, als Lolo mit Prinzeß Sibylle beim Frühstück saß, kam ein Brief von Fräulein von Birkhuhn an. Prinzeßchen schüttelte verwundert den Kopf, weil der Brief gar so dick und schwer war. Lächelnd öffnete sie ihn. Ein zweiter an sie adressierter Brief lag in dem Kuvert. Dabei einige Zeilen von Birkhühnchens Hand. Sie schrieb:

»Mein geliebtes Kindchen! Beiliegenden, für Dich bestimmten Brief fand ich heute im Salon Deiner Schwester hinter dem großen Bücherschrank, den ich wegrücken ließ, weil an der Stelle ein anderes Möbel stehen sollte. Da der Brief geschlossen ist, hast Du ihn sicher nicht gelesen. Es scheint auch eine Photographie drin zu stecken. Und Meta sagte mir, so ein Brief wie dieser sei mit einem anderen, für Prinzeß Renate bestimmten Brief an dem Tag angekommen, als Prinzeß Renate zur Priorin ernannt wurde. Meta hat im Flur mit dem Postboten gescherzt, ehe er zu Deiner Schwester ins Zimmer trat, um die Briefe abzugeben. Und da hat sie diese beiden Briefe gesehen und sich noch über die großen Kuverts gewundert. Vielleicht enthält nun dieser Brief eine wichtige Nachricht für Dich, deshalb schicke ich ihn Dir gleich ein. Hier ist alles gut und gesund – wir haben nur alle große Sehnsucht nach unserem Prinzeßchen. Mit vielen herzinnigen Grüßen und Küssen.

Dein Birkhühnchen.«

Prinzeßchen sah sich nun das Kuvert von dem eingelegten Brief an.

»Wie sonderbar, Tante Sibylle – da hat Birkhühnchen beim Hausputz hinter einem Schrank diesen an mich adressierten Brief gefunden. Ich bin doch begierig, was er enthält.«

Prinzeß Sibylle horchte auf.

»Willst du mir diesen Brief einen Augenblick herüber geben, Lolo?«

Diese reichte ihr lächelnd und ahnungslos das

Schreiben. Prinzeß Sibylle sah sofort, daß es Joachims Brief sein mußte. Mit scharfen Augen musterte sie das Siegel. Es war unverletzt. Aber an den gummierten Stellen des Kuverts merkte man, daß es geöffnet worden war. Prinzeß Sibylle überlegte, was sie tun sollte. Konnte man Prinzeßchen noch verheimlichen, was es mit diesem Brief für eine Bewandtnis habe?

Nein, ohne ihr Mißtrauen zu erregen, ließ sich nichts mehr vertuschen. Also mochte sie immerhin den Brief lesen.

Prinzeß Lolo den Brief zurückgebend, sagte sie ernst:

»Das ist Joachims Siegel und Handschrift.«

Prinzeßchen faßte schnell danach, und ihr Gesicht rötete sich.

»Von Joachim – an mich?«

»So ist es. Aber nun lies, was er dir zu sagen hatte – er kommt ein wenig spät in deine Hände, dieser Brief.«

»Ja, Birkhühnchen schreibt mir, daß unser Hausmädchen behauptet, der Brief wäre schon vor einiger Zeit von einem Postboten meiner Schwester mit einem anderen zusammen ausgehändigt worden. Renate hat wohl vergessen, ihn mir auszuliefern – oder – sie war doch böse mit mir – vielleicht –«

Mit einem Ruck richtete sie sich plötzlich auf und sah sich die Rückseite des Briefes an.

»Tante Sibylle, du sahst dir den Brief so genau an. Warum – was weißt du von dem Brief?«

Prinzeß Sibylle sah mit großen, ernsten Augen in ihr Gesicht.

»Der Brief war geöffnet und ist sehr nachlässig wieder geschlossen worden.«

Prinzeß Lolo erblaßte. Und dann riß sie mit zitternden Fingern den Brief auf. Prinz Joachims Bild fiel ihr entgegen. Sie preßte es mit einem unterdrückten Ausruf ans Herz und las dann den Brief. Blässe und Röte wechselten auf ihrem Gesicht. Und als sie geendet hatte, legte sie den Kopf mit geschlossenen Augen zurück. Tränen quollen zwischen den Wimpern hervor. Sie begriff alles.

Prinzeß Sibylle erhob sich und legte ihren Arm um sie. »Nit weinen, Schatzerl, nit weinen, es ist ja alles noch gutgegangen.«

Prinzeßchen warf sich mit leidenschaftlichem Schmerz in ihre Arme.

»Es ging um sein und mein Glück, Tante Sibylle. Begreifst du das? Kann der Haß einer Schwester so weit gehen? Und du - wußtest darum?«

»Ich ahnte es, kleine Lolo. Und weil der Joachim gar so unglücklich war, daß ihn sein Prinzesserl nit mochte, da kam ich zu dir. Ich wollte Klarheit und Gewißheit haben. Schon nach den ersten Worten merkte ich, daß du nimmer seinen Brief erhalten haben konntest. Und da hab' ich mir halt gedacht, daß da deine Schwester wohl ein wenig Schicksal gespielt haben mochte. Daß sie dich haßte, wußte ich, und daß sie dir dein glänzendes Los neiden würde, war nit schwer zu erraten. Der Joachim und ich, wir wollten dir halt den Schmerz ersparen. Aber nun ist doch alles herausgekommen. Nun mußt du aber nit mehr weinen. Was soll der Joachim sagen, wenn du mit verweinten Augen nach Falkenhausen kommst.«

Prinzeß Lolo trocknete ihre Tränen.

»Tante Sibylle - mir ist, als hätte ich erst jetzt meine Schwester ganz verloren. Wie furchtbar muß sie mich hassen, daß sie ihren Stolz so weit vergaß!«

»Da sollst du nun gar nit mehr dran denken. Jedenfalls sind das die letzten Tränen, die dir deine böse Schwester erpreßt haben soll. Wenn mir der liebe Gott recht gut ist, dann läßt er mich mal mit deiner Schwester zusammentreffen, und dann will ich ihr mal so ganz in aller Ruh meine Meinung sagen. Da freu' ich mich drauf. So – nun schau dir deinen Joachim an, wie er dich anlacht mit seinen Schelmenaugen. Darüber vergiß all das Böse, was dir zugefügt wurde. Er wird alles gutmachen an dir, dafür kenn ich ihn. Und wir anderen wollen ihm dabei helfen.«

Prinzeß Lolo schmiegte sich an sie und küßte Joachims Bild.

»Liebe, teure Tante Sibylle! Wie gut du bist! Ich will mir Mühe geben, zu vergessen. Ich darf ja nicht dran denken, was daraus hätte entstehen können. Und wie schlimm mußte Joachim von mir denken, daß ich nach diesem Brief seine Hand ausschlug.«

Prinzeß Sibylle lächelte.

»Weißt, ausgeschaut hat er – lieber Gott, ich kannte meinen Wildfang gar nit wieder. Aber er ist halt ein Sonntagskind, ihm schlägt alles zum Glück aus.«

Am Nachmittag fuhren die beiden Damen nach Falkenhausen. Und Prinz Joachim hat den letzten Schatten von Prinzeßchens Antlitz fortgeküßt. Die Welt war schön, das Herz so voll und weit – da vergißt sich leichter, was zuvor drohend am Himmel stand. Und im Falkenhausener Park sangen die Vögel so schön, und die Sonne schien so recht eindringlich und hell. Seite an Seite schritt das glückliche Paar durch die reife, satte Sommerpracht.

Drei Monate später ist Prinzeß Lolo Prinz Joachims Gemahlin geworden. Bei der Hochzeit zeigte Prinzeß Sibylle, wie man Feste feiern kann. Prinzeßchen war gar nicht erst nach Weißenburg zurückgekehrt. Birkhühnchen, Bielke und Frau Bangemann fanden in Falkenhausen Aufnahme. Birkhühnchen bewohnt zwei mollige, sonnige Zimmer im Turmbau, von denen sie einen herrlichen Ausblick hat über den Park; für Bielke ist eine Stelle als Parkinspektor geschaffen worden, die er gravitätisch bekleidet. Und Frau Bangemann wirtschaftet mit Wonne in der wunderschönen großen Schloßküche. Sie kocht zwar nicht mehr, dafür ist ein Küchenchef mit einem Stab von Köchen vorhanden, aber sie führt die Aufsicht über die Vorratskammern.

Das Hausmädchen Meta hat die Möbel aus dem Prinzessinnenschlößchen geschenkt bekommen und hat sich mit dem Postboten verheiratet. Einen Teil der Möbel hat sie verkauft, den anderen zur Aussteuer benutzt. Nur wenige Stücke hat sich Prinzeßchen zum Andenken aufbewahrt. Darunter ist auch die primitive Einrichtung aus dem Tuskulum.

Fürst Egon ist entzückt von seiner Schwiegertochter. Und die Möbel im Fürstenschloß, sowie die Teppiche und Vorhänge sind erneuert worden. Man merkt nichts mehr von fadenscheiniger Pracht.

Prinzeß Renate war nicht zur Hochzeitsfeier ihrer Schwester erschienen. Und das war gut. Es hätte doch nur die Feier gestört, wenn ihre haßerfüllten

Augen neidvoll auf dem goldhaarigen Haupt der Schwester geruht hätten. Außerdem hätte Prinzeß Sibylle gar keine Zeit gehabt, ihr die Meinung zu sagen. Sie hatte alle Hände voll zu tun, um das Fest würdig zu gestalten.

Das Fürstentümle erzählt noch heute Wunderdinge von dem Hochzeitsfest des Prinzen Joachim. Und wo sich Prinzeß Lolo sehen läßt, da bleiben die Leute vergnügt schmunzelnd stehen. Ihr lachendes, glückseliges Gesicht wirkt wie Sonnenschein auf alle Gemüter. Sie wird einst das geistige Erbe der Prinzessin Sibylle antreten. Schon jetzt ist sie, gleich dieser, im Volk sehr beliebt. Prinzeß Sibylle ist viel in Falkenhausen, und wenn sie mit dem jungen Paar zusammensitzt, dann sind alle Geister des Frohsinns zu Gast.